Tres acordes antigua melodía

Manuel Antón Mosteiro García

© 2021 Manuel Antón Mosteiro García

bateledicions@hotmail.com

bateledicions.gal

https://t.me/bateledicions

ISBN: 9798527891737

CONTENIDO

Entonces cal loba doente ou ferida,
dun salto con rabia pillei a fouciña,
rondei paseniño… ¡Ne-as herbas sentían!
I a lúa escondíase, i a fera dormía
cos seus compañeiros en cama mullida.
Mireinos con calma, i as mans estendidas,
dun golpe, ¡dun soio!, deixeinos sen vida.
I ó lado, contenta, senteime das vítimas,
tranquila, esperando pola alba do día.

Rosalía de Castro, Cantares Gallegos

La venganza es un plato que
debe servirse muy frío.

Proverbio siciliano

AGRADECIMIENTOS

Gracias a Martín Mosteiro por sus sabios consejos respecto a todo lo relacionado con los informes forenses y al arma del crimen. A Eloi Gestido por sus sabios consejos respecto a la construcción de la historia y a los momentos de tertulia después de haber hecho una lectura en profundidad. A todos los que han leído la versión original en lengua gallega y a sus comentarios positivos que me han animado a traducir la obra al castellano para que pueda salir de las fronteras de mi tierra.

I

El bullicio que se vivía aquella mañana en la comisaría de la Policía Autonómica, que llevaba menos de un mes en funcionamiento como resultado de la política de transferencia del Gobierno Central, era toda una novedad para sus miembros. Algo gordo debía estar sucediendo ya que los días anteriores las horas habían pasado con una lentitud semejante a la de cualquier otro departamento de la administración autonómica. La comisaría parecía, en los días precendentes, de todo menos una comisaría de cuerpo de seguridad del estado.

Todos estaban aconstumbrados a que el trabajo fuese escaso y fundamentalmente administrativo, menos para los miembros de la brigada fiscal que tenían entre sus funciones la visita a las lonjas cada mañana buscando defraudadores o a la inspección rutinaria de las costas buscando pescadores furtivos o a otros, que aún con permisos en regla excedían los cupos del día o escondían en sus cestas especies en veda. Estas ocupaciones eran las que más excitación provocaban en los miembros de este cuerpo que fuera transferido al gobierno autonómico para evitar que los gallegos fuesen menos que los vascos y catalanes.

Todos sus miembros eran conscientes que se trataba de un cuerpo nacido para contrarrestar la fuerza que ejercían los nacionalismos catalán y vasco contra el goberno central, del mismo color que el autonómico gallego, que por su afinidad con el central no se había sentido menospreciado cuando le transfirieron un cuerpo de segunda categoría.

Todos los integrantes de este nuevo cuerpo habían pedido su traslado en busca de un retiro dorado o, en el caso de los más jóvenes, un primer destino a través del cual poder llegar en mejores condiciones de concurso a la Policía Nacional, y así ahorrarse horas de trabajo en la calle o de poner su vida en peligro en destinos que los veteranos evitaban. El que buscara emociones no estaba en el lugar más propicio para encontrarlas, todo lo contrario.

Hoy, contrariamente a los días precedentes, si nos acercásemos al despacho del Comisario Jefe nos daríamos cuenta de que se parecía más al de un responsable de una comisaría de gran ciudad encargada de investigar los crímenes más variopintos que a una de la Policía Local de cualquier ciudad de provincias, imagen con la que se quedaban los visitantes que entraban a diario. Su teléfono echaba humo, entre las llamadas recibidas desde primera hora de la mañana y las que él mismo había hecho superaban en minutos a las realizadas durante todo el mes, aunque pudiese parecer una percepción exagerada no lo era.

De repente, entre aquella tranquilidad que vivían sus miembros, ajenos a lo que sucedía entre las cuatro paredes de aquel despacho, que contrastaba con la intranquilidad por la presión a la que estaba sometido su jefe, sonó la voz del comisario dirigiéndose con tono preocupado a su secretaria a través de la línea interna:

- Luisa, localice al inspector García - lo quiero en mi despacho ya. Tengo un asunto muy urgente que tratar con él que ya no puede esperar más. Si no ha llegado todavía a las instalaciones llámelo a su móvil para que no demore más su llegada. Es imprescibile que venga a mi despacho *ipso facto*. El tema que debo tratar con él no puede esperar.

Para sorpresa de su secretaria, la voz del Comisario Jefe no sonaba con la calma con la que solía tener por costumbre, más bien todo lo contrario, transmitía una honda preocupación a causa de los hechos que acababan de producirse, de los que él era el único conocedor y en el momento en que apareciera "su" hombre debería compartir con él.

Mientras aguardaba la presencia de su subordinado no era capaz de desprenderse de los pensamientos que no paraban de fluír en su mente y que lo tenían preocupado. Pensamientos causados por la llamada telefónica que acaba de recibir sobre las once de la mañana y de pensar todo el trajín que desencadenaría después. La media hora siguiente había sido una locura y nunca mejor dicho.

Que suene el teléfono y al otro lado se oiga la voz del Conselleiro de Presidencia non era algo que se produjese a diario, todo lo contrario; lo más lógico era que en los años que quedaban hasta la jubilación, no hubiese recibido una llamada de tan alto cargo. Cuando oyó hablar directamente al político al otro lado de la línea, comenzó a tener claro que el acontecimiento que acababa de producirse era de tal magnitud que requería que no se tratase con miembros de su gabinete y sí directamente con él, hecho que le había sorprendido sobre manera, porque su puesto no estaba creado para resolver asuntos de tal gravedad. La importancia de lo sucedido había provocado que el segundo en el orden de mando político tras el Presidente, no dejase en manos de su Jefe de Gabinete o en la del de Presidencia aquella llamada. A medida que las palabras del conselleiro desgranaban lo que había sucedido, era cada vez más consciente de lo que tendría entre manos los próximos meses. Las diligencias se estaban poniendo en marcha al más alto nivel de la administración porque así lo requerían los acontecimientos que habían sucedido horas antes.

- Lo sucedido hacía necesario recurrir a su mejor hombre - pensaba mientras esperaba la llegada del inspector García. La frase final en la voz de la mano derecha del mismísimo Presidente de la Xunta seguía golpeando machaconamente en su cabeza como un martillo, mientras esperaba la llegada del inspector García, que estaba tardando demasiado en aparecer.

Ningún otro mejor que él, que acababa de escuchar

aquella inquietante noticia, sería consciente de que el estreno del recién creado cuerpo, la Policía Autonómica, iba a ser muy duro.

- Su equipo apenas alcanzaba a llevar un mes a pleno rendimiento y ya se habían complicado las cosas - pensaba mientras seguía esperando al inspector.

- Iluso de mí, pensar que estaba ante un retiro dorado después de tantos anos de servicio - replicó en voz alta sin preocuparse de ser escuchado por alguno de sus compañeros. Estaba solo en su despacho, con la puerta cerrada, mientras el resto de sus compañeros seguían con sus rutinas. Ajenos a lo que anunciaría el propio Presidente de la Xunta en unas horas, tal como le había explicado el Conselleiro de Presidencia en la conversación que había hecho saltar por los aires su ritmo diario de trabajo.

Así venían dadas en su profesión, él ya lo había asumido desde el momento en que había decidido formar parte de las fuerzas de seguridad del Estado. A pesar de que tras haberse hecho pública su incorporación a la dirección de aquel nuevo cuerpo todos pensaban lo mismo que él, cuando había sido llamado por su superior para ofrecerle la posibilidad de completar sus últimos años de vida laboral, con un premio más que merecido por su dilatada trayectoria en la Policía Nacional. Pasados los primeiros momentos desde que había asumido su cargo, lo había tomado con el mayor reto de su carrera profesional y así pretendía transmitírselo a sus subordinados, dedicándose en cuerpo y alma a su nuevo destino.

Al poco tiempo de haber dado la orden, aunque a él le hubiesen parecido horas, alguien llamaba a la puerta del despacho del jefe de la Policía Autonómica, tal como figuraba en la placa que había en la entrada. Al hombre que se encontraba del otro lado lo consumía la curiosidad por conocer que estaba sucediendo. La expresión de su rostro reflejaba precisamente esa sensación al encontrarse con la mirada de su nuevo jefe. Cualquier persona medianmente observadora, como era su caso, se daría cuenta que en su mente sonaba una única pregunta.

"¿Qué le querría su jefe precisamente el día de su incorporación?". Estaba sumido en estos pensamientos y a la vez tenía la seguridad que tanta prisa por reclamarlo en su despacho no era precisamente para darle la bienvenida a su nuevo destino. No se consideraba, ni mucho menos, persona tan importante como para que esto se produjese. Algo grave debía haber sucedido para que estuviese ante la puerta de su superior.

Aquel hombre de presencia similar a la de Mike Hamer, el detective norteamericado que tanto seguidores tenía en la TVG desde su estreno hacía apenas uns meses; era uno de los últimos aterrizados en la Policía Autonómica. Su historial como Policía Nacional era de los más destacados. Que con aquel pasado solicitase su traslado a aquel cuerpo había sido lo que más sorprendiera a la persoa que lo estaba aguardando en el interior del despacho. Ya estaba cansado de tanto trabajo de investigación y lucha contra el crimen, por ese motivo había optado por aquel destino mucho más placentero. Un destino alejado de las calles y de los crímenes, que ya llevaba muchos a sus espaldas. La madriguera elegida había sido el cuerpo de reciente creación, dependiente directamente de la administración autonómica gallega. Como por el momento el Gobierno Central no se había decidido a transferir las competencias de seguridad interior su misión era de escolta de los miembros del gobierno autónomo y de la vigilancia fiscal. Un trabajo que realmente no le quitaría el sueño y que estaba en las antípodas de lo que había estado haciendo hasta ese momento, y de las investigaciones en las que se había visto envuelto, que le había quitado el sueño más de una noche, que lo habían hecho envejecer rápidamente e incluso habían sido el detonante de más de un problema con su mujer e hijos, dejando sus relaciones familiares próximas a la ruptura. Por fortuna, este nuevo destino había sido el argumento perfecto para que el alejamiento definitivo de los suyos no se hubeira hecho realidad, a pesar de que parecía no haber vuelta atrás en la situación. Eso era lo que pensaba sin tener la más mínima sospecha de las sorpresas que le deparaba el futuro más próximo, que chocarían directamente con su idea de retiro dorado en los últimos años de servicio.

- ¿Se puede, jefe? Acaban de avisarme que me había mandado llamar.

Aquel hombre al que todavía ni conocía, que había ordenado a su secretaria que lo localizase nada más entrar por la puerta de la comisaría, se limitó a decir:

- Pase, inspector García.

17

El inspector García entró en su despacho con la seguridad que le proporcionaban sus años en el cuerpo, pero a la vez con la incertidumbre que tiene el periodista famoso cuando llega a una nueva redacción y no sabe como va a ser recibido por su superior. Él no podía olvidar que todos conocía su historial, que se habían sorprendido con su llegada a aquel destino. El único que presumía de su presencia era precisamente el hombre que ahora tenía delante y que lo había hecho llamar con tanta premura. Presumía de habérselo robado a la competencia -de ese modo era como le llamaba a la Policía Nacional- uno de sus mejores hombres en Galicia, aunque se había sorprendido tanto como los compañeros del inspector García de su marcha de la Nacional y de su llegada a la Autonómica. El reconocimiento como uno de los mejores miembros de la Nacional en Galicia era la comidilla que circulaba entre los diferentes cuerpos de seguridad del Estado, aunque repasando su historial profesional uno era consciente que la fama que se había granjeado no era inmerecida, más bien todo lo contrario. "Sus hazañas daban para escribir más de un libro" - había pensado mientras revisaba su historial profesional justo después de enterarse de su incorporación al equipo.

- Le he pedido que viniese porque tenemos entre manos un caso complicado - le largó justo en el momento que se disponía a cerrar la puerta.

Esas palabras, que había escuchado tantas veces en su anterior destino, le resultaban repentinamente un tanto desconcertantes y lo último que esperaba escuchar en aquel lugar. "No estaba precisamente en un cuerpo pensado para la lucha contra el crimen", pensó mientras procesaba las palabras que acababa de escuchar. Su cara de estupor no sorprendió a su interlocutor, perfectamente consciente, aunque no lo reconociese en público, de que era uno de los motivos que habían llevado al inspector García a incorporarse a ese cuerpo que todos creían de opereta, pero especialmente la Policía Nacional que había visto invadidas sus competencias, era buscar la calma después de la tormenta. Ya sabemos como son los cuerpos de seguridad con el tema de las competencias.

- Acaba de informarme el mismísimo Conselleiro de Presidencia de que ha aparecido el cuerpo del Conselleiro de Industria en su casa de la calle de la Rosa. Quiero que se acerque sin demora al domicilio, allí le esperan los miembros de la Policía Nacional y de la Brigada Científica. Será usted el que dirija las diligencias y la investigación para averiguar lo sucedido. El caso es nuestro.

La orden que acababa de recibir le resultaba de lo más desconcertante, así debía expresarlo su rosto ya que su jefe, consciente de que el inspector García acaba de recibir una orden que no formaba parte de las competencias del cuerpo al que acababa de incorporarse y que el dirigía, decidió seguir con su relato y así aclarar las dudas que tenía su compañero.

- El Sr. Presidente con la anuencia del Ministro del Interior ha decidido que fuesemos nosotros los que nos hagamos cargo de la investigación al tratarse de un miembro de su gabinete, y evitar así que otro cuerpo meta la nariz. Fue el propio Presidente el más interesado en que nosotros nós ocupásemos de la investigación. Esta puede ser la mejor oportunidad para romper con la imagen que se nos ha creado, demostrar nuestra valía y justificar ante la opinión pública la necesidad de nuestra existencia. Si hacemos bien nuestro trabajo en este caso quizás consigamos convencerles de que ha llegado el momento de transferirnos más competencias de las que hoy tenemos. Pero eso ya no es cosa nuestra. Usted, igual que yo, sabe como funcionan las cosas de la política. Nadie sabe lo que va a suceder al día siguiente cuando dependes de ella.

El rostro del inspector García mudó de color y de expresión.

- ¡Manda carajo!, yo que había decidido cambiar de cuerpo buscando un destino tranquilo y nada más incorporarme me encuentro con un caso de lo más jodido-, pensó mientras giraba sobre sí mismo para disponerse a salir del despacho.

- Espere un momento antes de salir hacia la calle de la Rosa. En la conversación que he mantenido con el Conselleiro de Presidencia me ha dejado muy claro que quería que fuesemos diligentes y sobre todo, discretos, mucha discreción en nuestra investigación. Hay que evitar que la información del caso llegue a la prensa y menos todavía a la opinión pública sin que tengamos el control de qué se transmite de lo que está bajo el secreto de la investigación. El caso es suficientemente grave como para que no se nos vaya de las manos. Máxima discreción y nada de filtraciones, - volvió a remarcar el Comisario Jefe. Quiere sen el propio Presidente de la Xunta, en persona, el que informe a la ciudadanía de la muerte del conselleiro y de las circunstancias que la han rodeado.

- No olvide que como Policía Autonómica no tenemos competencias para investigar este tipo de delitos. Ha sido el propio Presidente quien ha pedido al Ministro del Interior, ante la excepcionalidad de los acontecimientos que seamos nosotros los que llevemos la investigación. Sobra decir que la imagen pública del Presidente está en juego. Si algo sale mal, nosotros seremos los responsables. No podemos perder de vista que estamos actuando al margen de nuestras competencias. Ni la Policía Nacional y mucho menos la Guardia Civil está de acuerdo con quedarse al margen, y por eso no podemos fracasar ni cometer el más mínimo error. Tendremos demasiados ojos puestos sobre nosotros, de manera especial de los políticos, esperando que consigamos llevar a buen puerto este barco.

Las palabras que acababa de pronunciar el Comisario Jefe respecto a la prensa, golpearon con fuerza sobre las espaldas del inspector y no le sentaron nada bien. Porque no era, él precisamente, proclive a tener detalles con los periodistas. Más bien todo lo contrario. Lo que más le había dolido era el hecho de que su propio jefe, a pesar de su reciente incorporación a este nuevo cuerpo de seguridad, consciente de lo que se les venía encima, llegase a dudar de él.

- Comenzamos bien - pensó mientras salía poco a poco del despacho de su superior. Decidió quitarle hierro al tema y comenzar su trabajo cuanto antes. Se limitó a culpar a la tensión que debía suponer para un hombre que esperaba un destino tranquilo y se había encontrado ante un estreno tan complejo ante la opinión pública, no a la falta de confianza en su profesionalidad.

No deseaba verse en la piel de su superior ante lo que le aguardaba en los próximos días. "Soy perro viejo y sabré salir airoso", pensaba el inspector García. Tampoco iba a resultar fácil para él como responsable de la investigación. Ya se encargaría su jefe de mantener a la prensa alejada para que pudiese trabajar con la tranquilidad que requería un caso de estas características. En lo más profundo de su ser, esperaba que el Conselleiro de Industria fuese víctima de un infarto o de un ictus, y evitar así tener que darle demasiadas vueltas a aquella muerte. Un par de días, el informe forense y el de la Brigada de Investigación para un caso que no tendría más relevancia que su protagonista, quien además de político era personaje público y poco más.

Mientras conducía su coche hacia la céntrica calle de la capital gallega, lo que menos esperaba el inspector García era el escenario que lo aguardaba. Pensaba que aquel caso estaba en sus manos porque se trataba de un cargo público de alto nivel de la administración autonómica. Lo único que no quería el gobierno era que alguien de un cuerpo ajeno a su control llevase la investigación. Pensarían que si se descubría algo poco recomendable sería más fácil ocultárselo a los medios que si la investigación dependiese directamente de Delegación del Gobierno. Todo el mundo era conocedor que el nombramiento del nuevo Delegado del Goberno no había caido nada bien en Monte Pío, por ese motivo no querían injerencias en este caso.

II

La llegada de varios vehículos de policía a la calle de la Rosa solo llamó la atención de algunos vecinos despistados que no sabía que allí vivía el Conselleiro de Industria, apuesta personal del propio Presidente para el cargo dentro del nuevo gabinete salido de las urnas en las últimas elecciones y que había supuesto el regreso de su partido a San Caetano. La mayoría de los vecinos, que eran conocedores de tan ilustre habitante, no manifestaron ninguna sorpresa ante la llegada de los vehículos, menos todavía cuando se percataron de que no hacían sonar sus sirenas ni venían con las luces encendidas. "Estarían desempeñando funciones de escolta, como hacían a diario", pensaron cuando vieron llegar los coches. No dejaba de ser, para todos ellos, algo cotidiano ese movimiento de agentes de la Policía Autonómica.

Lo que resultaba algo más extraño era que los coches llegasen alrededor de las once de la mañana, ya que el conselleiro acostumbraba a despachar a las ocho y media con sus colaboradores más próximos. Esto lo sabían unos por los medios otros, porque solían coincidir con él cuando se dirigían a sus puestos de trabajo. A pesar de esto, nadie podía sospechar lo que estaba sucendiendo dentro de la casa del conselleiro.

Cuando el inspector García entró en la vivienda ya había gente dentro realizando su trabajo desde hacía poco más de media hora. En el momento de su llegada supervisó el lugar con una mirada escrutadora, mirada que le había quedado después de tantos años trabajando entre cadáveres y crímenes de todo tipo, por los lugares que iba pasando hasta llegar al lugar donde había sucedido todo, tratando de buscar algún detalle que le proporcionase un camino por el que iniciar sus investigaciones.

Mientras el forense estudiaba el cuerpo tirado en la cama bajo la mirada atenta de dos miembros de la Policía Científica y por el juez encargado de ordenar el levantamiento del cadáver, el inspector García le hizo señales a uno de los policías para que se acercase. Éste, diligentemente, se acercó al inspector del que era viejo conocido de su etapa en la Policía Nacional y al que había sorprendido, como al resto de compañeros, su solicitud de traslado. Era un miembro de la competencia, así era como se referían en su jerga policial, y este hecho le hacía permanecer a la defensiva, aunque minutos antes hubiera recibido la llamada de un superior para anunciarle la llegada de García, para que se pusiese a sus órdenes. "García será el que asuma la investigación. Póngalo al día de lo que hayan averiguado."

Esas habían sido las órdenes recibidas.

Cuando el agente Rodríguez escuchó aquellas órdenes se sorprendió mucho pero no le correspondía a él cuestionarlas. A pesar de que habían colaborado en el pasado en infinidad de casos ahora formaban parte de cuerpos diferentes.

- Buenos días, Rodríguez, una vez más nos toca compartir investigación, aunque sospecho que en este caso tendremos poco que hacer.

La expresión del rosto del agente Rodríguez, que parecía afirmar que las cosas no iban a ser tan fáciles como se prometía, lo puso alerta y a la vez lo desconcertó.

- ¿Qué has encontrado en el lugar de los hechos? -preguntó con la cara de ansiedad que le había quedado después de ver la expresión del rostro de su antiguo compañero.

Después de devolverle el saludo, se dispuso a relatarle unos hechos que se iban a alejar mucho de lo que esperaba escuchar.

- La mujer que ves allí sentada, presa de un ataque de nervios, ha sido la persona que se ha encontrado con el cadáver sobre la cama de su cuarto. Es la mujer que hace las tareas de la casa desde hace más de dos años. Llegó esta mañana pensando que no había nadie en casa, pero cuando entró en el dormitorio se sorprendió que todavía estuviese porque eran cerca de las diez. Aunque había llegado a las nueve, había estado haciendo otras tareas habituales antes de ir al dormitorio de la víctima siguiendo la rutina de los días que acudía a trabajar a casa del conselleiro. Las empleadas del hogar suelen ser muy mecánicas. Acostumbran a seguir siempre la misma secuencia de trabajo, sin salirse de sus rutinas habituales.

En un primer momento se sorprendió, no contaba con él allí, puesto que el conselleiro solía marcharse a las ocho de la mañana para despachar antes de las ocho y media con los miembros de su gabinete. "Esa mañana no iría a San Caetano porque tendría algún viaje por la tarde", pensó con total inocenia que se había quedado dormido, sin sospechar la escena dantesca que se encontraría al otro lado del lecho. Mientras pensaba en todo esto se dispuso a despertarlo por si se le había hecho tarde. Cuando se acercó a él lo encontró muerto en un gran charco de sangre con un tiro en la frente. Pegó un grito y entre sollozos corrió al pasillo para telefonear a la policía. Cuando llegamos la encontramos llorando en el pasillo presa de un ataque de nervios, totalmente fuera de sí después de haber vivido una experiencia tan traumática.

Tras escuchar las últimas palabras que el agente acababa de pronunciar, su rostro comenzó a cambiar y a adoptar un gesto que reflejaba contrariedad.

- No iba a ser tan fácil como esperaba - pensó mientras decidía cómo actuar después de haber recibido aquella patada en el costado.

Una vez comprobada la crisis de histeria en la que se encontraba la pobre mujer después de lo que acababa de vivir, decidió que lo mejor era dejar para más tarde su interrogatorio. Era perfectamente consciente de que en su estado actual no sacaría nada de provecho. La pobre ya tenía suficiente con el mal momento que estaba pasando como para bombardearla y hacerla ir de un lado para otro a causa de la investigación. Era la fuente de información que tenía además de lo que pudiese concluír la Brigada Científica de su inspección, o lo que reprodujese el forense en su informe.

Había decidido que resultaría más provechoso acercarse al médico forense en la búsqueda de datos que le arrojasen algo más de luz a lo sucedido, algún tipo de información relevante que podía haber obtenido de su inspección posterior a la más profesional y selectiva de la científica. Estos prestan más atención a la búsqueda de posibles huellas o indicios que la del forense, que, como médico, se centraría más en el cuerpo; sin el perjuicio derivado de llevar a sus espaldas más investigaciones y que pudiesen pasar por algo algún detalle que con posterioridad resultaría transcendetal para la investigación. No era la primera ni la última vez que aportaban más indicios sobre el asesinato las conclusiones obtenidas a primera vista por el forense que los de la propia Policía Científica.

Estos pensamientos, que fluían por la mente del inspector García, no podían aflorar porque a sus antiguos compañeros no les iban a sentar nada bien. Precisamente a ellos, que eran tan celosos de su trabajo, y se consideraban la élite del Cuerpo Nacional de Policía, que presumían de tener a los mejores profesionales en sus filas. Tantos años contando con su colaboración en muchos de los crímenes que le había tocado resolver hacía que se pudiese permitir el lujo de pensar así.

Cuando el agente que tenía a su lado le hizo un gesto indicándole quien era el forense, su rostro cambió y se contrajo dejando ver un gesto de contrariedad. El motivo no era otro que su aspecto.

El médico forense era un joven con el pelo largo, recogido con una goma, no era realmente por su aspecto, pero sí por su juventud, que le inspiraba poca confianza. A pesar de todo, no le quedaba más remedio que confiar en su trabajo, en la información que este le pudiese aportar para la investigación.

- ¡Qué suerte!, nos ha tocado un novato precisamente para este caso - pensó mientras se acercaba a aquel joven que tan poca confianza le transmitía.

Cuando el cuerpo llegase al Anatómico Forense, llamaría a su director, que era un viejo amigo y uno de los forenses más reconocidos del país. El podría aportar nuevos datos que su compañero no fuese capaz de obtener en una exploración visual o confirmar que los datos derivados de la misma eran correctos.

El joven levantó la cabeza con decisión dejando unos instantes su trabajo con el fallecido. Dirigiéndose al inspector con gesto de soberbia, comenzó a informarlo de lo que había descubierto en el cadáver. Dejando traslucir, que, por su capacidad de observación, había visto reflejado en el rostro de su interlocutor la poca confianza que despertaba en él. No era capaz de delimitar con claridad si se debía a su aspecto o a su juventud. Fuese por una cuestión u otra, era perfectamente consciente y conocía como juzgaban los viejos policías a los jóvenes que debían colaborar con ellos. No era la primera vez que se encontraba en una situación semejante, por eso estaba preparado para salir bien parado de la situación como había hecho en las anteriores. No era cuestión de presumir, pero tenía recursos de sobra para poder solventarlo en breve.

Había llegado el momento, una vez más, de demostrarle a su interlocutor, que se había equivocado al juzgarlo por su aspecto y su juventud sin saber cuál era su valía como profesional, del mismo modo que él no cuestionaba jamás la profesionalidad del que tenía delante ni por su aspecto ni por su edad.

Muy despacio comenzó a desgranar sus descubrimientos, las conjeturas a las que había llegado en base a lo que había descubierto en el cuerpo. Al poco rato de haber iniciado su exploración, fue consciente de quien se trataba realmente. A pesar de que un mayor o menor conocimiento de la víctima no iba a cambiar en nada su profesionalidad, sí sabía que todo lo que se iba a generar alrededor de aquella investigación no tendría nada que ver con los otros trabajos que había realizado antes.

  - La hora de la muerte ha sido alrededor de las tres y media de la mañana. No hay señales de sometimiento violento del cuerpo. El cadáver está completamente limpio: no hai arañazos, no hai restos de piel en las unas, ni sangre que no sea la de la víctima. Esto nos lleva a plantear dos posibles hipótesis: o bien el asesino entró cuando estaba dormido en la casa y lo mató, o asesino y víctima se conocían y el segundo lo dejó entrar con total confianza.

El inspector García observó con desconfianza al joven, que a pesar de su corta edad y poca experiencia ya se permitía el lujo de hacer su trabajo de investigación. Con cara de indignación le preguntó:

- ¿Cómo puede usted hablar con tanta rotundidad de asesinato? Siempre debemos dejar abierta la posibilidad de que se haya suicidado. Había hecho la pregunta para saber si el joven tenía la capacitación necesaria para asumir todo el peso que le demandaría aquel caso. En aquel momento ya comenzaba a tener sospechas de que se trataba de un crimen.

- Lo que me está usted planteando es totalmente improbable. Acérquese al cuerpo - dijo mientras le invitaba con el gesto de su mano a que se aproximase al cuerpo.

El forense escondía celosamente la traca final, una sorpresa para el inspector. Ese sería su argumento definitivo para demostrarle todo lo que valía. Con una media sonrisa entre la complicidad y la seguridad en lo que acababa de afirmar, le enseñó el cadáver para que el policía corroborase con su propia inspección ocular lo que le acababa de decir. No había duda, la descripción que acababa de hacer el médico no se alejaba ni un ápice de la visión que tenía ante sus ojos.

El espectáculo que se podía observar le dejaba mal cuerpo incluso a un hombre como él, acostumbrado a encontrarse con cadáveres mutilados y restos humanos que llevaban tiempo enterrados y comidos por los gusanos y otro tipo de bichos de la misma especie. Como integrante de la Policía Nacional había investigado varios casos conocidos en los que se habían producido mutilaciones. A pesar de lo cotidianas que le habían llegado a resultar estas imágenes no conseguía superar las sensaciones que despertaban en su mente.

Su rosto lo delataba. El agente no podía disimular los sentimientos que le despertaban todas aquellas víctimas. Era superior a él y era consciente de que no lo superaría jamás. A pesar de estar curtido en mil batallas no dejaba de ser un hombre con sus sentimientos, un padre de familia que se ponía en el lugar de los familiares de la víctima y no era capaz de tratarlos con la asepsia que le exigía la profesionalidad que se le suponía. Su humanidad estaba por encima de la profesinalidad y no le dolían prendas al admitirlo. Él no se consolaba diciendo "no es más que trabajo". Precisamente por eso todos aquellos casos habían afectado a su familia. En más de una ocasión había estado a un paso de perder a su familia por trasladar al ámbito personal su faceta profesional.

La visión de aquel escenario lo sacó de sus pensamientos y volvió a situarlo en el plano profesional.

La víctima estaba totalmente desnuda con sus genitales salvajemente mutilados. Atado de pies y manos con vendas elásticas. En la mente del comisario surgía, como una sombra acechante cada vez más intensa, la posibilidad de que se tratase de una venganza o de un crimen ritual. Era consciente de que no podía precipitarse en sus especulaciones. Las conjeturas debería dejarlas para cuando regresara a la comisaría.

Comenzaba a golperarle de nuevo en la cabeza el último caso que había tenido que resolver como policía nacional. Precisamente fuera el que lo había empujado a cambiar de aires y entrar en la Policía Autonómica. A pesar de su huída, tenía que admitir que el pasado regresaba de nuevo, como si se tratase de una pesadilla. Se había tenido que enfrentar a la serie de crímenes rituales más espeluznantes que habían sucedido en toda Europa durante este siglo, y había sido precisamente él, el desgraciado que había tenido que pelear con aquel grupo de fanáticos religiosos. Parecía, una vez más, que este tipo de crímenes le perseguían en su nuevo destino. No era momento para desprenderse de la influencia del pasado.

El registro de la vivienda no estaba abriendo ninguna puerta en su investigación. Había cientos de huellas. La encargada de la limpieza solo venía a hacer su trabajo dos veces a la semana y la casa llevaba cuatro días sin limpiar. No sería de estrañar que encontrasen huellas de medio gobierno gallego en casa de la víctima. Todo esto iba a hacer inútil el trabajo de identificación de huellas y pedirles a todos los implicados que se acercasen a la comisaría para dejar constancia de su paradero la noche del crimen o el momento en que habían estado en la casa del conselleiro no sería factible. Todo el mundo sabía que eran frecuentes las reuniones en casa del fallecido con diferentes miembros del gobierno e incluso con el propio Presidente. Así estaba el panorama, cualquiera de las huellas podría ser la del asesino.

Siempre que no se molestase en eliminarlas. No había señales de violencia en ningún lugar de la casa. La puerta no había sido forzada. El asesino o bien había entrado con la víctima o bien este le había invitado a entrar desde la confianza que le tendría a alguien conocido. Todas estas conjeturas llevaban la investigación a un callejón sin salida.

Cuando llegó el momento del levantamiento del cadávez, el inspecto García recordó las palabras de su jefe: "Máxima discreción. Nada de filtraciones a la prensa." Aquella orden de su superior no dejaba de golpear en su mente. Prensa y opinión pública solo sabrían lo sucedido por las palabras del Presidente. Teniendo en cuenta que la casa de la víctima estaba situada en una de las calles con más movimiento del ensanche compostelano y por la hora que era estaría abarrotada de gente, no parecía el momento propicio para el traslado del cuerpo siguiendo el procedimiento habitual. La situación requería actuaciones al margen de la rutina; eso es lo que haría. No quedaba otra alternativa.

Era totalmente consciente de que, si a aquella hora del día rompía la rutina de la calle con ambulacia y coches de policía escoltanto el vehículo, poco tardarían los periodistas en saber que algo importante había sucedido en la casa del Conselleiro de Industria. Después de saber de este movimiento, aunque fuese con especulaciones, llenarían las portadas de los periódicos del día siguiente.

El traslado al Anatómico Forense, situado en la zona vieja de la ciudad, no resultaría fácil sin levantar sospechas.

35

No podía obviar que estaba situado en los sótanos de la antigua Facultad de Medicina a unos metros de la conocida Plaza del Obradoiro, punto de encuentro a aquella hora de miles de peregrinos que estaría esperando su turno a las puertas de la catedral para visitar al Apóstol.

Antes de iniciar movimientos poco calculados había decidido consultar con su amigo el director del Anatómico la posibilidad de no llevarlo directamente, sino que hacerlo primero a un lugar que no presentase tantas dificultades para un posterior traslado. Mientras pensaba en todo esto, marcó el número de teléfono de su amigo Quinteiro, a la espera de su aprobación. Mientras hablaba con el responsable del Anatómico Forense, se le abrió una luz en toda aquella escuridad.

- ¡La Clínica La Rosa! - pensó casi en voz alta, pero había conseguido reprimir la exclamación mientras su interlocutor le daba el ok a la operación de traslado. Le resultaba indiferente recibir el cadáver unas horas después, sobre todo, cuando escuchó con gran estupor la historia que le acababa de relatar su viejo amigo.

Quinteiro y García se conocían desde hacía más de treinta años, siendo todavía unos novatos habían tenido que compartir el trabajo de investigación de un ahogado que había aparecido en el puerto de San Martiño do Conde. Este crimen había supuesto para ambos, su primer caso profesional. En aquella época trabajaba como forense en el Hospital Provincial de Pontevedra y García cababa de llegar a la comisaría de la capital de la provincia. Los dos habían compartido más casos a lo largo de los años, esta circunstancia había hecho crecer entre ellos una profunda amistad que ya no cesaría ni cuando solicitó su traslado al Anatómico Forense de la Universidade de Compostela, para compaginar la carrera docente con la profesional.

El caso que ahora tenían entre manos los llevaba de nuevo a un pasado que no estaba tan lejano en el tiempo como ellos suponían. Las medidas extraordinarias eran tan necesarias que por ello había accedido sin poner trabas a un traslado tan poco convencional. En este caso, el tiempo no sería un factor determinante para el cuerpo teniendo en cuenta lo que le había detallado García.

La suerte, que parecía haberle abandonado desde el momento en que había puesto los pies en aquella vivienda de planta baja en la que residía la víctima, parecía que comenzaba a cambiar y ponerse de su lado. Miró por la ventana que daba al jardín y verificó que la puerta trasera daba directamente a la calle en la que se encontraba la Clínica La Rosa. Estaban casi puerta con puerta.

- El traslado no resultaría tan complicado y, sobre todo, non despertaría ninguna sospecha - pensó mientras volvía a echar mano de su teléfono.

- Necesito hablar con el director de la clínica - masculló entre dientes de forma que nadie fuese capaz de percibir lo que estaba diciendo.

El director de la clínica también resultaba ser un viejo amigo. Contar con su complicidad para el traslado del cuerpo no resultaría tan complicado como podría haber sido la conversación anterior. En el momento que escuchó del otro lado de la línea aquella voz familiar, le contó brevemente lo que había sucedido y que tenía que trasladar a la clínica un cadáver para no levartar sospechas. Nadie podría saber realmente lo que había sucedido en la casa del conselleiro aquella mañana.

Después de explicarle a su amigo lo que había sucedido, este no manifestó la más mínima preocupación por el cliente que iba a recibir. Llevaba muchos años dirigiendo el centro y como gestor de un centro hospitalario privado ya no se sorprendía con ninguna petición. Durante su dilatada carrera profesional había recibido encargos de lo más dispares, incluso alguno que si llegase a revelarlo no se lo creerían.

Los dos eran de la misma localidad, Curtis. Durante su infancia y juventud habían sido muchos los momentos compartidos. Su amistad venía ya de aquellos años y el policía sabía que podía contar con él para lo que fuese necesario, tanto personal como profesionalmente. En estos últimos años, que los dos estaban viviendo y trabajando en Santiago, compartían tardes de café y tertulia en el mismo local al que iban desde su etapa de estudiantes universitarios, mientras un estudiaba medicina y el otro intentaba buscar acomodo en la vida universitaria hasta que se decantó por preparar el ingreso en la Policía Nacional porque la idea de entrar en la Guardia Civil non le resultaba nada atractiva. Los cuerpos militares non eran santos de su devoción, y la imagen que tenía la Garda Civil en aquella época no era para nada atractiva, más bien todo lo contrario.

Después de haber separado sus caminos a causa de su devenir profesional todavía hoy seguían teniendo amigos comunes y su amistad gozaba de la misma solidez que en los años jóvenes. El director del centro hospitalario, después de escuchar su relato y saber que el director del Anatómico Forense, con el que compartían tardes de cartas y tertulia, conocido a través de García, no había puesto reparos a aquel traslado, puso a su disposición con la mayor de las diligencias su centro y su personal.

El caso era suficientemente grave como para trabajar con mucha precaución. Por eso el inspector García le pidió que fuese él persoalmente quien seleccionase al personal que organizaría el traslado, que les pidiese encarecidamente que no mencionasen lo sucedido. No obstante, ya le había mencionado que el cadáver sería trasladado en una de las bolsas que empleaban para estos casos y no tendrían por qué saber quien iba en su interior. Pero como la curiosidad humana es mucha, se quedaría más tranquilo si a nadie se le ocurría urgar en ella para saber a quien estaban trasladando.

Proteger la seguiridad y discreción del traslado que iban a cometer era vital para que la situación no se les fuese de las manos y pudiese llegar a la prensa y a través de ella a la opinión pública antes de lo debido lo que había sucedido. Así se lo hizo saber a su viejo amigo. El traslado posterior al Anatómico Forense le preocupaba mucho menos, aunque debería realizarse también con gente de confianza porque en ese momento ya sería de dominio público la noticia de la muerte del conselleiro. No obstante, nadie tenía por qué saber cuándo, dónde y cómo se había realizado el traslado de la víctima al Anatómico Forense. Desde la dirección de la clínica se informaría al personal que el traslado era de un ingresado por urgencias esa mañana, muerto por intoxicación en casa, que se trasladaba para que la autopsia descartase el envenenamiento.

La idea que le acababa de proporcionar el director de La Rosa le había parecido muy buena, evitaría la caza de fotografías del cadáver, pieza de alta cotización entre los periódicos. Era vital conseguir evitar que la codicia puidiese invitar a alguien a hacer negocio con la muerte del conselleiro, la imagen de su cadáver en las portadas pudiese desencadenar el malestar en la clase política o en algún cargo importante. Las actuaciones debían desarrollarse con el mayor de los cuidados para que todo saliese como estaba previsto.

La logística del traslado, aunque dependiera de la sincronización de muchas personas, como si se tratase de una coreografía, no tenía por qué ser complicada. No obstante, de no tener éxito la misión en la que estaba embarcado, todos los esfuerzos encaminados a mantener oculta la noticia hasta que el responsable del ejecutivo la diese a conocer, supondrían un fracaso estrepitoso. En ese caso, estaba convencido que rodarían cabezas, la suya y la de su jefe. Ya se veía haciendo guardias nocturnas en alguno de los edificios de San Caetano acompañando a su superior. Maldita la gracia que le haría.

Mientras en su cabeza daba vueltas su imagen en uno de los puestos de control de San Caetano, comenzó a darle forma a su plan para sacar de aquella casa, una de las lujosas viviendas de planta baja que poblaban aquel pequeño otero de alto nivel económico, el cuerpo del conselleiro sin levantar sospechas de que algo fuera de lo habitual estaba sucediendo en la vivienda de aquel alto cargo del gobierno galego.

Para que los vecinos y transeuntes no se diesen cuenta del traslado que se produciría en breve por la parte de atrás de la vivienda, había decidido que la mejor forma de atraer su atención era haciendo salir el coche oficial, como de costumbre por la parte delantera. De ese modo no levantarían sospechas. Aunque esta salida se produjese a una hora que no era la habitual, a nadie le sorprendería y no resultaría sospechosa. No sería la primera vez que a lo largo de la jornada el coche entraba y salía en varias ocasiones de la vivienda. Con la atención fijada en el vehículo oficial, nadie repararía en la presencia de la ambulancia en la calle interior, puesto que al ser vista no sería extraño porque era una de las vías de acceso a la entrada de emergencias de la clínica. Habría que lograr que el tiempo de parada fuese el justo para que nadie se percatase de que sacaban un cuerpo de la casa del conselleiro.

Para que este plan tuviese éxito las dos salidas deberían hacerse al mismo tiempo. Para eso había decidido situar agentes con sendos aparatos de comunicación en la parte delantera y trasera, ellos sería los encargados de sincronizar los movimientos de los dos grupos y evitar así que alguien se adelantase en su misión y echara por tierra todo el trabajo.

En cuanto al traslado al Anatómico Forense, no resultaría demasiado complicado ya que hacer salir una ambulancia o coche fúnebre del interior de la clínica era mucho más simple, puesto que sucedía a diario. Además de no sorprender a nadie porque desconocerían quien era el ocupante. Los vecinos estaban tan acostumbrados a este tipo de tránsitos durante todo el día. La presencia de la clínica hacía que lo realmente extraño fuese que durante el día no sonasen las sirenas de las ambulancias y las luces no iluminasen la calle. El silencio solo lo sufrían muy de tarde en tarde los moradores de la trasera de la Clínica La Rosa, por eso no se verían ni alterados ni sorprendidos en sus rutinas.

Finalizadas las charlas con sus viejos amigos, decidió darle algo de protagonismo al "coletas" consultándole la posibilidad de trasladar el cuerpo a la Clínica La Rosa y posteriormente al Anatómico Forense. Si se lo ponía complicado no tendría más que informarle que ya lo había hablado con su jefe y se haría tal y como se lo había explicado. Ese sería un buen modo de devolverle la jugada que él le había hecho antes y que lo había dejado tan mosqueado. No soportaba que un recién salido de la universidad, como quien dice, lo dejase fuera de juego a él, que llevaba tantos años como tenía el chaval ejerciendo su profesión de defensor de la ley y el orden. Hasta ahí podríamos llegar con ese. Estaba más que dispuesto a que el chaval tuviese claro que él era quien estaba al mando y tenía el control de la situación.

A pesar de saber que esa no era la forma de proceder, llamó al joven que tenía tantos aires de superioridad para decirle, que, al tratarse de una situación extraordinaria, totalmente excepcional, deberían adoptar medidas especiales y salirse del procedimiento en el traslado de la víctima.

- Tenemos que trasladar el cadáver tan pronto como el juez haga el levantamiento del cadáver, una vez que hayáis finalizado tú y la científica el trabajo.

- Es cierto, debemos trasladar a la víctima al Anatómico Forense. Es a usted agente...

- Inspector, afirmó García con tono desafiante.

- Perdone - continuó el joven con una sonrisa cínica que despertó la indiferencia del policía, para demostrarle que tenía muy claro que la asignación del cargo se había hecho a propósito. No dudaba que había asumido por el modo de comportarse que había sido sorprendido en su estratagema. Se sonrojó como habría hecho un niño que ha sido sorprendido haciendo una trastada. El rostro del inspector no pudo vislumbrar otra impresión que la de una pequeña victoria en la guerra que mantenían entre ambos.

- Como le decía, es a usted al que le corresponde organizar el traslado no a mí. Mi único trabajo en este caso es informar sobre el estado del cuerpo y averiguar como se ha producido su muerte. Todo lo demás ya no es cosa mía.

- A pesar de que no es de su competencia quería hablarlo con usted, por si existía algún inconveniente en lo que le voy a contar.

- Si trasladamos el cuerpo del conselleiro directamente al Anatómico Forense podemos desencadenar unha situación de alarma social - dijo con convicción, aunque realmente lo que me preocupaba era que la prensa comenzase a meter la nariz antes de que el Presidente haga público lo ocurrido, tal como está previsto.

Mientras pensaba en todo esto regresaba a su mente su imagen en la garita de la Consellería. No estaba dispuesto a que esto sucediese.

- Considero que debemos trasladar el cuerpo al Anatómico más tarde. Si lo hacemos ahora mismo podría resultar muy peligroso.

- ¿Acaso tiene pensado dejar aquí el cadáver durante mucho tiempo más?

- No. Creo que lo mejor es traladarlo primero a la Clínica La Rosa, que está puerta con puerta con la parte de atrás de la casa. Lo sacaremos por el jardín.

- Una vez alí, por la tarde, el director de la Clínica se hará cargo del traslado en ambulancia o coche fúnebre al Anatómico sin despertar tanto revuelo como si montamos ahora todo el operativo para llevarlo a la zona vieja de la ciudad. Nadie sospechará de una ambulancia o coche fúnebre saliendo de la clínica, pero si lo ven salir de la casa del conselleiro, la reacción no será la misma. La gente va a comenzar a hablar, a sospechar que algo sucede en su casa o con él mismo. En caso contrario, el lío que podemos armar puede tener consecuencias importantes para la investigación y poner sobre aviso a los posibles culpables. Es necesario que actuemos con cautela.

- A pesar de que soy el responsable del traslado me gustaría contar con su aprobación.

- Por mí no hay problema. Que la autopsia se demore unas horas no cambiará nada. Está claro que se trata de un asesinato. La causa de la muerte ha sido con casi total seguridad causada por el disparo que ha sufrido la víctima. Si se tratase de un caso de envenenamiento el cuerpo podría tardar unas horas en eliminar las sustancias. Como no es el caso, aunque pase tiempo, ni el orificio que ha causado el disparo ni los restos de pólvora van a desaparecer. Si han utilizado algún tipo de somnífero para drogarlo solo se puede eliminar por la orina y aun así quedan restos en el organismo. No se preocupe por las horas de demora, el resultado de la autopsia no va a cambiar porque no lo hagamos con rapidez. Puede organizar el traslado tal y como lo ha previsto sin preocuparse.

Tanta amabilidad por parte del joven demostraba que el inspector García era perro viejo. La idea de consultarle sobre el traslado haciéndole ver que le daba un protagonismo que no le correspondía, había hecho que el chaval se volviese un buen aliado del policía.

La frialdad y tensión que había reinado entre ellos acababa de quebrarse en cientos de pedazos. Como dicen los viejos: "Más sabe el diablo por viejo que por diablo."

III

García seguía obsesionado con la posibilidad de que alguien se percatase de lo que estaba sucediendo o que alguno de los implicados acabase yéndose de la lengua y se descubrise todo lo sucedido antes que el Presidente hiciese público lo sucedido con el Conselleiro de Industria. Mientres barruntaba en todos los posibles contratiempos que se le podían presentar en el momento de hacer el traslado del cuerpo, vió como se acercaba una ambulancia a la puerta trasera de la casa sin levantar sospechas. La calle a la que daba la puerta era de poco tráfico, se usaba casi exclusivamente para el servicio del hospital o los servicios de limpieza. Los chalés adosados que había en la urbanización practicamente no la usaban no siendo los que tenían las entradas de sus garajes por ella. El resto tenían su entrada por la calle la Rosa, aunque al callejón daban todos los jardines, tenían sus muros con la altura justa para no permitir que sus moradores pudiesen ser vistos por los que circulaban por la calle, ni ellos podía saber lo que sucedía en el jardín de la vivienda vecina. Algunos de ellos posiblemente emplearan la puerta trasera para únicamente sacar la basura puesto que los contenedores estaban situados en esa calle para no afear las fachadas de las viviendas de lujo.

El traslado se realizó, con sincronización similar a la de una representación de baile, sin ninguna incidencia. El resultado llenó de tranquilidad al inspector García con la certeza de que ningún vecino se había percatado de lo que estaba aconteciendo en la parte trasera en el momento en que el vehículo oficial hacía su salida a la calle. El inspector se sacó un peso de encima cuando recibió la llamada de su amigo de la infancia y ahora director de la Clínica La Rosa, para comunicarle que el cadáver ya estaba en la cámara frigorífica del centro hospitalario a la espera de ser trasladado definitivamente a la zona vieja de la ciudad. Allí, en el Anatómico Forense, quedaría definitivamente en manos de los encargados de realizar la autopsia con máis detalle y completar así la exploración visual que había hecho aquella mañana el joven de la "coleta", que tan poca confianza despertaba en el inspector García. Cuando llegara a su destino definitivo el cadáver, dado lo extraordinario de la situación, Quintana le había prometido que él personalmente dirigiría la autopsia. Acordaron no dejar ningún cabo suelto para poder llevar la investigación a buen puerto. La confianza en los datos del forense era vital para el responsable del caso. Este no iba a ser una excepción.

Esperaba que, después de recibir el informe con las conclusiones de los trabajos forenses, le proporcionase nuevos datos que aportasen alguna pista para poder comenzar su trabajo. Una luz que indicase el camino a seguir en el laberinto en el que acababa de adentrarse. En pocas horas lo que parecía un trabajo de lo más rutinario, salvo por la identidad de la víctima, acababa de convertirse en un caso de una complejidad similar o incluso maior a la que habían tenido otros casos de su etapa de Policía Nacional y que él pensaba que ya se habían acabado.

La realidad era muy cruel, no hacía más que devolverlo a los momentos más delicados de su carrera y de su vida personal. No sabía todavía como reaccionaría su familia cuando supiese el caso que tenía entre manos. Eso era un asunto que le preocupaba y no despejaba su mente para analizar con claridad los datos que ya tenía.

Era cada vez más consciente que volverían de nuevo las horas interminables sumergido y obsesionado con la investigación, que volverían a abrirse las antiguas heridas que había desquebrajado su vida familiar que esta vez con toda seguridad no sería nada fácil poder cerrar. Las heridas anteriores habían conseguido restañarlas gracias a la solicitud de traslado a la Policía Autonómica. Renunciar a la lucha contra el crimen había sido el estaño que consiguiera soldar la grieta profunda que había afectado a su entorno familiar. Una herida que comenzaría a abrirse lentamente en el momento que le contase a su mujer y a sus hijos el trabajo que tenía entre manos. El destino es muy cruel, cuando crees que te estás levantando, vuelve a arrastrarte al fondo del abismo.

Entre todos estos pensamientos negativos solo

quedaba para asirse el único positivo entre tanta oscuridad, que iba a ser el chaleco que le permitiría no ahogarse en aquel mar tan embravecido en que estaban sumidos sus pensamientos. La prensa todavía no había sido informada de lo sucedido. Este hecho que para otros casos sería incluso contraproducente, en este que ahora tenía entre manos, era toda unha hazaña. Ya se sabe como son los periodistas, siempre están a la expectativa, sin saber cómo acaban enterándose de todo lo sucedido. La satisfacción de haberles ganado en aquella situación no se la podía quitar nadie. Cuanto pagaría por ver la cara de algún director de periódico cuando el Presidente de la Xunta haga pública la muerte del conselleiro. Él sería el único culpable de aquella derrota de los medios, aunque sabía, con certeza, que nadie se lo iba a agradecer. Era su trabajo.

Realmente su relación con la prensa nunca había sido buena. Los periodistas habían llegado incluso a ponerle un apodo. Le llamaba *Topo*, porque, según ellos, siempre estaba escondiéndose y no había forma de dar con él para sacarle información del caso que tenía entre manos. Era un experto en ocultar la información. Y de nuevo lo había conseguido.

Siempre le había gustado trabajar tranquilo, sin gente a su alrededor metiendo la nariz en su trabajo. Porque según les decía a sus compañeros, los periodistas lo único que hacen es dificultar las investigaciones. También es cierto que cuando los necesitaba no podía recurrir a ellos y tenía que acabar pidiendo ayuda a algún compañero de los que gustaba de mantener buenas relaciones con los medios o con algún periodista de los que se encargaba de la sección de sucesos o tribunales. No valía para cultivar este tipo de relaciones, además potenciaba ese desinterés por hacerlo. Era de los que pensaban que lo más conveniente era delimitar claramente el terreno, los periodistas a lo suyo, sin posibilidades de invadir el espacio del otro. Lo mejor era cada uno a lo suyo. Todos estos pensamientos pasaron por su mente mientras observaba como los que permanecían en la casa comenzaban a recoger sus materiales de trabajo y se disponían a marcharse. Saldrían por el mismo lugar por el que acababa de salir el cadáver del conselleiro. No convenía cagarla ahora que ya habían hecho los más difícil.

Antes de que a alguno se le ocurrise salir por la puerta principal, ordenó a todo el mundo que lo hiciese por la trasera, los esperaban allí los coches. Aunque todos iban de paisano no pasaría desapercibida la salida de tanto personal de la casa. Convenía acabar bien el trabajo.

Tenía que volver a la central y ponerse a trabajar en el caso. Pensó que debería recabar toda la información que pudiese sobre la víctima. Debía averiguar sus hábitos, conocer a su familia, a sus amistades… Toda persona que tuviese relación con el conselleiro debía ser investigada en profundidad sin pasar nada por alto. Todos eran sospechosos. Pasar por alto el más insignificante de los detalles podía ser funtamental en esta investigación que resultaría de lo más delicada.

Todos estos pensamientos fluían por su cabeza mientras se dirigía al aparcamiento subterráneo en el que había dejado su coche a unos metros de la casa del conselleiro. Debía volver sin demora a la oficina y comenzar a ordenar las ideas que fluían por su mente sin orden aparente. Había llegado el momento de darle ese hilo de conexión para poder iniciar el camino hacia la resolución de aquel enigma que parecía ser la muerte do Conselleiro de Industria.

****

Cuando entró por la puerta del edificio que ocupaba la Policía Autonómica, en uno de los bloques de piedra entre los que se ocultaba el Centro Comercial Área Central, una voz que procedía de la garita de vigilancia, que controlaba la entrada y salida del edificio, le comunicó que el jefe quería hablar con él.

Mientras subía en el ascensor pensó en su superior y la incertidumbre que le debía estar consumiendo desde que había salido para la casa de la víctima. Aquellas horas de espera seguro que lo habían tenido en la mayor de las tensiones que un hombre podía llegar a soportar. La situación no era para menos. No quería, por nada del mundo, verse en su pellejo. ¿Cuántas llamadas habría recibido durante estas horas del Conselleiro de Presidencia para recibir información sobre la investigación? Posiblemente la misma presión que estaba sufriendo su jefe sería similar a la que recibía el Conselleiro del mismísimo Presidente de la Xunta.

Entre aquellos pensamientos vino a su mente la

propuesta que le habían hecho hacía unos años para que asumiese la jefatura de la Comisaría de Vigo. Precisamente por casos como el que ahora tenía entre manos, por su escasa capacidad para callar determinadas cuestiones relacionadas con los políticos, non había tenido fuerzas suficientes para aceptar el cargo en la dirección de la Policía Nacional en Vigo. Aquella propuesta de hacía unos años ya le habían precedido otras semejantes en más de una ocasión teniendo en cuenta su valía y todos los éxitos obtenidos en los casos que le habían encomendado durante su vida profesional.

En el fondo, aunque no quería admitirlo, lo suyo era trabajar por libre sin más resposabilidad que el caso que tenía en ese momento, no meterse en un despacho, poner buena cara a los "políticos de turno" y tener el culo sentado todo el día sin otra función que la de dirigir a los demás. Sabía perfectamente que no estaba hecho para eso. Nunca le comentó aquellas "ofertas" a su mujer porque ella sería la primera en tratar de convencerlo para que la aceptase y no seguir hundiendo su matrimonio.

A pesar de todos los conflictos familiares que habían desencadenado aquellos casos, eran como una droga que no podía dejar, necesitaba el contacto con las calles y luchar contra el crimen. Únicamente cuando la situación en casa estaba a punto de estallar fue cuando decidió renunciar a su vida profesional. O eso era lo que pensaba, aunque la realidad le iba a llevar de nuevo a momentos complicados de su pasado familiar.

Antes de ponerse a trabajar, se acercó al despacho de su jefe para conocer el motivo de tanta premura. En el fondo no era tonto, sabía perfectamente cuál era la causa de haber reclamado su presencia. Su jefe quería saber las novedades de la investigación después de haber estado en el lugar de los hechos y si tenía algo que pudiese tranquilizar al Presidente. Tanto meterle prisa por saber era la prueba de que lo estaba presionando desde las alturas para poner fecha a la rueda de prensa que estaba pendiente y no retrasarla más. Aunque el Presidente se limitaría a informar de la muerte y no aportaría nada de la investigación, seguro que quería saber a qué se enfrentaba antes de su aparición pública. Esa era la preocupación que tenían siempre los políticos, manejar toda la información y mantener una posición de fuerza al tener acceso a datos de los que carecían los demás mortales. No soportaban que alguien supiese más que ellos y pudiese sorprenderlos durante una intervención pública sin margen de reacción. Este tipo de circunstancias eran las que lo habían disuadido, una y otra vez, en el momento de aceptar los ascensos más que merecidos que le habían propuesto. "Es lo que hay, no podría ser de otra forma a la que lo había parido su madre."

El inspector García entró en el despacho del jefe sin llamar. Esta actitud era un hábito que tenía desde hacía años. Solo llamaba a la puerta la primera vez que entraba en un despacho, en las siguientes no lo hacía nunca. Al jefe no le sorprendió este hecho. Conocía todo lo que se podía saber de su subordinado, y no era ajeno a tal *modus operandi*. Cuando había analizado su trayectoria profesional esa precisamente era una de las cuestiones que más le habían llamado la atención. A pesar de no estar de acuerdo con ella, no le quedaba otra que acostumbrarse. No era el momento de tratarlo con si fuese un niño y corregirle esa vieja costumbre.

- Inspector infórmeme de lo que ha averiguado en su visita a la casa del conselleiro. Quiero saberlo todo con detalle. El Presidente acaba de telefonearme para saber cómo está la situación, tiene mucho interés en que todo se lleve con el mayor de los sigilos. En breve dará la rueda de prensa y quiere tener todos los detalles de la investigación. No admitirá ninguna pregunta de los periodistas, pero quiere ser de lo más precavido en sus declaraciones, no conviene que con sus palabras perjudique la investigación.

La palabra "discreción" hacía resurgir en su mente el malestar que le había causado unas horas antes la petición de su jefe "mantener alejada a la prensa". Aquellas palabras todavía martilleaban su mente y estaban empezando a incomodarlo, de manera especial, el hecho que su jefe pudiese llegar a pensar que iba a irse de la lengua con la gente de la prensa. Precisamente esas palabras a él que era el miembro de los cuerpos de seguridad que peores relaciones tenía con los medios. Nunca en su trayectoria profesional, nadie de los medios había conseguido sacarle absolutamente nada de sus investigaciones.

No podía ni quería olvidar que durante alguna de ellas había estado durante días en el centro de la opinión pública. Había sido sometido a una persecución constante de los medios para conseguir que hablase sobre el caso. A pesar de todas las presiones no había dicho absolutamente nada. Hacía años que los periodistas tenían claro que no iban a sacar absolutamente nada de él.

De estos pensamientos en los que estaba sumido lo sacó el repiqueteo que sobre la mesa del despacho se desprendía de los golpes de bolígrafo que constataban la impaciencia ante la demora de su subordinado en proporcionale los detalles.

- De lo que ha sucedido con el conselleiro puedo confirmarle que no me gusta nada, sobre todo después de haber visto el cuerpo de la víctima. Tiene toda la pinta de que se trata de una venganza o de un crimen relacionado con las sectas. La ausencia de indicios de violencia en la vivienda me hace pensar que víctima y verdugo se conocían.

Todo lo que estaba escuchando llenó el rostro de su jefe de preocupación. En el fondo, igual que su compañero, había pensado que sería un caso de lo más rutinario, que se trataría de una muerte por causas naturales de una persona influyente y conocida. Lo descubierto cambiaba todo, estaban ante una investigación que le recordaba a otras vividas durante su dilatada carrera profesional pero que no esperaba volver a revivir jamás.

- ¿Por qué habla de verdugo en lugar de verdugos? - lo interrumpió rapidamente.

- No deja de ser una forma de hablar, porque con lo poco que sabemos por ahora no podemos descartar ninguna hipótesis. Lo más desconcertante son las mutilaciones en el cuerpo de la víctima. La violencia y la crueldad de estas demuestran que hubo ensañamiento, que descarta, con certeza, la posibilidad de que se trate de un crimen ritual. Parece que el asesino o asesinos tenían algo personal contra él. Me da muy mala espina todo lo que rodea a este asesinato.

He dejado el cadáver en el depósito de la Clínica La Rosa para levarlo sin llamar la atención al Instituto Anatómico Forense en unas horas. Ya está todo organizado. La situación no permitía sacarlo por la puerta principal sin alertar a los vecinos de que algo grave estaba aconteciendo. Siempre podría haber alguno de ellos que pusiera sobre aviso a la prensa. Eso era lo que quería evitar. En unas horas estará en manos del forense que con la mayor diligencia posible me enviará el informe de la autopsia. Comenzaré con las investigaciones ya. Cuando sepa algo más, le informaré.

Fueron las únicas palabras que pronunció el inspector. El jefe se limitó a mirarlo con serenidad, aunque con expresión de preocupación por lo que acaba de escuchar, esperando que le comentase algo más. Viendo que non había nada más se limitó a decir:

- Non quiero que se nos vaya el caso de las manos. Procure que no llegue a la prensa lo que ha sucedido. Yo llevaré personalmente las relaciones con los medios. Usted se mantendrá al margen. No lo olvide, manténgase alejado de la prensa. Cualquier descuido que se produzca en este caso puede provocar que rueden su cabeza y la mía. Sabe que si se producen filtraciones las pagaremos nosotros. No lo olvide.

Aquellas palabras de su jefe devolvieron a su mente la imagen que lo estaba persiguiendo en las últimas horas, el control de acceso al complejo administrativo de la Xunta. No estaba dispuesto que aquella imagen de su mente se convirtiese en real.

El jefe era consciente de la mala fama que tenía entre

las gentes de la prensa. Incluso era conocedor del apodo con el que lo habían bautizado los periodistas por su "afabilidad". A pesar de todo lo que ya sabía de su relación con los medios, había considerado necesario volver a recordarle la necesidad de ser lo más discretos que les fuese posible y de mantener la nariz de los periodistas lejos de la investigación. Ya les sobraría con tener que aguantarlos cuando el gobierno decidiese dar la noticia de la aparición del cuerpo del Conselleiro de Industria. Era muy consciente de que en el momento que se hiciese pública la noticia, el revuelo que esto iba a causar en la opinión pública y en la clase política gallega y nacional iba a ser importante. Debían estar preparados para afrontar la situación. La prensa intentaría meter la nariz para obtener datos de la investigación y eso entorpecería mucho el trabajo, por eso era conveniente mantenerlos lejos de las personas encargadas de ella y evitar intromisiones.

El inspector García se dirigió a su despacho para ponerse a trabajar en el caso. Llamó al responsable de los archivos para que le trajese toda la información que tuviesen sobre el Conselleiro de Industria. Después ordenó que enviasen comunicación a la INTERPOL solicitando información sobre crímenes que se hubiesen producido en los diez últimos años con víctimas por mutilación de genitales que apareciesen amordazados y con un tiro en la cabeza.

Aunque le fluía por el cerebro la posibilidad de algún rito de carácter sectario o relacionado con algún tipo de venganza entre miembros de sociedades secretas, no podía dejar de obviar que en los tiempos que vivimos son muchos los personajes que están metidos en sectas y en trapalladas por el estilo, que estos grupos actúan de forma irracional, incluso llegando a inmolarse para su purificación. Era una de las vías que golpeaba por ahora con más fuerza en su mente. Repentinamente regresaron a su memoria las masacres más importantes de estos grupos en las últimas décadas.

Noviembre de 1978, suicidio masivo de 900 miembros de la secta estadounidense Templo del Pueblo, el más trágico y dramático de la historia moderna, cuando decidieron inmolarse tomando cianuro. El hecho se produjo después de la deserción de 14 miembros después de la visita de un congresista. Su líder el carismático Jim Jones.

Febrero de 1993, la masacre de Waco, 95 membros de la secta de los Davidianos, resistieron durante 51 días el asedio de las fuerzas de seguridad hasta que su líder David Koresh los convenció para que se inmolasen.

En 1994, aparecieron muertos 53 integrantes de la Orde del Templo Solar, algunos se suicidaron con veneno, otros fueron asesinados por otros miembros.

En 1995 en Francia otros 16 membros fueron encontrados muertos y en 1997 otros cinco integrantes murieron en un incendio en Canadá.

En 1997, 39 miembros de la Puerta del Cielo se suicidaron con arsénico y cianuro.

En el año 2000 los líderes del Movimiento para la Restauración de los Diez Mandamientos de Dios masacraron a más de 1000 feligreses porque pretendían abandonar el grupo.

Después de repasar mentalmente todos aquellos casos

que tanta fama habían tenido a nivel mundial se percató de que todos tenían en común la inmolación o asesinato en grupo, en ningún caso el sacrificio individual. Además, en ninguno había habido amputación de los genitales de las víctimas. Si se trataba de alguna secta tenía que estar más relacionada con rituales ocultistas que con las inmolaciones colectivas. De tratarse de actuación sectaria estaba relacionado con otro tipo de secta. No podía cerrar definitivamente aquella puerta, pero debería encaminarse hacia grupos de otra tipología.

Aparcada por el momento esa línea de investigación decidió adentrarse en la vida privada de la víctima. Aunque conocía al conselleiro únicamente a través de lo que aparecía en los medios, resultaba estraño que no aireasen su vida privada si fuese una vida agitada o ocultase algún secreto digno de llenar las páginas de los periódicos, revistas o incluso de los informativos.

Era perfectamente consciente que, en un caso como éste, no podría dejar cerrada ninguna vía por muy ridícula o inconsistente que le pareciese. Muchos crímenes habían quedado sin resolver por precipitarse en el momento de cerras vías de investigación, a veces era una de estas vías descartadas la que décadas después daba solución al caso. Era de los que pensaban que no existía el crimen perfecto y sí investigaciones mal encauzadas. Ese había sido su lema durante toda su carrera y hasta el momento nadie podría afirmar que non había acertado en su forma de trabajar en cada uno de los casos que había investigado teniendo en cuenta los resultados obtenidos.

Mientras aguardaba por la información que acababa de solicitar, comenzó a analizar los posibles móbiles del asesinato. Con la mirada perdida en la página en blanco de su cuaderno de piel, comenzó a esquematizar con trazo firme los posibles móbiles del crimen y las líneas de investigación que debería seguir para resolver aquel crimen que tanta expectación levantaría en el momento en que el Presidente da Xunta hiciese pública la muerte de su Conselleiro de Industria y los medios de comunicación comenzasen a rebuscar en el caso intentando sacar a la luz las líneas de investigación y la vida privada de la víctima.

Era imprescindible comenzar cuanto antes para tener parte del trabajo adelantado antes de que los acontecimientos comenzasen a precipitarse, con gente por medio entorpeciendo el trabajo de la policía como solía acontecer en estos casos, más todavía teniendo en cuenta la relevancia pública de la víctima. Lo de menos era el trabajo policial para la resolución del crimen, lo único que importaba era la pelea de los medios para acaparar la audiencia, la consecución del minuto de gloria del periodista de turno. Los medios comezarían con programas especiales sobre la vida del conselleiro para poner al descubierto los momentos más íntimos de su vida privada. El acoso y derribo sobre la familia del político fallecido y su círculo más íntimo, resultaría incesante hasta que se resolviese el crimen.

De sus palabras se deducía que ya no solo la relación con la prensa no era buena, sino que el concepto que tenía de ella tenía mucho que ver con esta mala relación.

Regresó a su trabajo y comenzó a desgranar muy

lentamente en la página en blanco de su cuaderno de piel todas aquellas ideas que le fluían en la cabeza y que conformarían sus primeras líneas de investigación. Esta era la primera fase en todas sus investigaciones, llevaba muchos años con este método y ahora no era el momento de cambiar. El éxito de sus investigaciones era un aval más que suficiente como para no tener que hacerlo.

Con trazo firme y seguro comezó a rellenar aquel papel en blanco, teniendo muy presente que non era todavía el momento de comenzar a descartar posibles caminos y líneas de investigación. Todo vale igual que cuando el profesor pone a andar en el aula con sus alumnos unha tormenta de ideas. En este caso no había diferencias con lo que se hacía en la clase de cualquier centro que se preciara medianamente.

Móviles del crimen:

1. Venganza de amante despechada. (POSIBLE, las mutilaciones carecían de sentido a menos que fuesen para desviar la atención de esta posible vía)
2. Venganza de "cliente" de la Consellería de Industria. (No se podía olvidar que ésta era la Consellería que manejaba el presupuesto más importante

de la administración, la que más impacto tenía en las grandes empresas y en las multinacionales. NO DESCARTAR DE BUENAS A PRIMERAS. No tienen sentido las mutilaciones. Pegarle un tiro sería suficiente)

3. Ritual de alguna secta. (Las mutilaciones recuerdan a algún posible rito satánico o a alguna secta. NECESARIO investigar esta vía. RECUPERAR viejas investigaciones sobre el tema) HIPÓTESIS A TENER MUY EN CUENTA. Muchos personajes públicos están metidos e historias oscuras. Las sectas de inmolación colectiva DESCARTADAS a menos que en antiguas investigaciones aparezcan muertes similares y las víctimas estuviesen relacionadas entre sí por pertenecer a algún grupo sectario.)

4. Venganza por algún hecho sucedido en el pasado y de su vida privada. (ANALIZAR SITUACIÓN ANTES DE SU LLEGADA A LA CONSELLERÍA, situación de sus empresas, investigar si ha habido alguna

operación estraña relacionada con su empresa o contra otras de su sector; el mundo de la empresa muy complejo y con personas con muy pocos escrúpulos)

5. **Venganza de rival político (NO SE PUEDE DESCARTAR las luchas para llegar a la Consellería de Industria o relaciondas con su ascenso meteórico dentro de un partido en el que no llevaba más de dos años; las venganzas en política suelen limitarse a sacar mierda de su vida privada pero no llegan al asesinato y menos con estas características. Toda la puesta en escena podría tener como objetivo último desviar la atención del mismo modo que podría suceder en otras posibles vías NO DESCARTARIA POR AHORA. Contratación de sicarios. Movimientos de rivales políticos. Investigar quien se beneficiaría de su muerte...)**

Después de haber leido un par de veces sus anotaciones, se encontró con una palabra que le golpeaba una y otra vez en su cabeza. En todos los móviles posibles del crimen esta presente la misma palabra: VENGANZA.

El suicidio era algo que ya había descartado por completo. No había forma de suicidarse tal y como había aparecido el cuerpo de la víctima, en tal caso no podríamos hablar de suicidio y sí de "muerte asistida". No se puede olvidar que en estos casos la víctima deja una nota en la que explica el motivo de su decisión. Este no es el caso. Tampoco se le conocía ninguna enfermedad terminal que podría haberlo llevado a tomar tal decisión. La hipótesis del suicidio quedaba totalmente descartada antes de continuar con su trabajo. Solamente la retomaría si durante la investigación se descubriese la existencia de una enfermedad terminal que pudiese abrir de nuevo esa vía y la puesta en escena no tuviese otra finalidad que desviar la atención. Aunque lo más fácil en este caso sería otro tipo de muerte que haría innecesario el despliegue con el que se acababa de encontrar en la casa de la víctima. No tenía razón de ser, pero no podría descartarse la posibilidad si cobraba forma la existencia de la enfermadad terminal.

Mientras le daba vueltas a las distintas hipótesis sobre la muerte del político, alguien llamó a su puerta. Después de oir el sonido de los dedos golpeando en el cristal de su nuevo despacho en la sede de la Policía Autonómica y que mecanicamente pronunciase un: "Adelante.", entró una hermosa joven con una minifalda que apenas le tapaba las caderas y que despertó su curiosidad.

Aunque seguía concentrado en su intenso trabajo. Cuando levantó la vista para saber quien era la que se acercaba a su despacho, se quedó mirando como un atontado a la joven mientras pensaba: "Tiene unas piernas bonitas la condenada. Y no está nada mal."

La joven, ajena a sus pensamientos, se limitó a decir con la mayor de las indiferencias y sin prestar atención a la mirada lasciva que impregnaba el rostro del inspector.

- Le traigo los documentos que había pedido. Esto es todo lo que hemos encontrado en los archivos sobre el Conselleiro de Industria. También le traigo un informe hecho apresuradamente con los datos más destacados, aunque no lo había pedido posiblemente le resulte de utilidad para que se pueda poner al día.

Cuando el inspector pidió toda la información sobre el Conselleiro de Industria pensó que iba a comenzar una investigación fiscal pero no se le pasaba por la imaginación que lo que estaba haciendo era iniciando una investigación sobre su muerte. La cara de sorpresa que pondría cuando se diese cuenta de lo que había sucedido no tendría nada que ver con la que tenía en el momento de entregarle la documentación solicitada. Si algo le habían enseñado sus padres desde pequeña era a cumplir con su trabajo sin meter la nariz donde no la llamaban, hasta el momento siempre le había ido bien con esa forma de ser.

El inspector no articuló palabra mientras seguía con la mirada la partida de aquella diosa hacia la puerta. Cuando se disponía a cerrarla sintió una fuerza interior que lo empujaba a preguntarle la hora de salida. Pero la timidez que lo caracterizaba ya desde joven, le hizo dejarla ir pensando en el ridículo que habría hecho si ella le diese una respuesta tajante o si hubiese entrado en su juego de cortejador. Su situación familiar estaba pasando por un período de calma y esta también lo impulsó a no hacerlo. A pesar de tener el aspecto de los detectives de novela negra su personalidad estaba en las antípodas de esos héroes del celuloide.

Recogió los documentos que le había dejado la joven. Los acercó a la nariz y recibió el olor intenso que había dejado en los papeles que le acababa de dejar sobre su mesa. El aroma que desprendían aquel montón de papeles era inconfundible: Channel 5.

Se puso a leer con parsimonia los datos que guardaban aquellos documentos. Toda la información que sobre la víctima se desgranaba en aquella sucesións de hojas. En aquel momento no sabía realmente lo que estaba buscando, pero tenía la intuición de que allí iba a encontrar algún camino para comenzar aquel largo viaje que supondría la investigación para descubrir quién había sido el autor de aquel crimen y cuál había sido el móvil. El camino no iba a ser nada fácil, pero convenía no descuidar absolutamente nada de lo que se ocultaba en la carpeta que aquella diosa acababa de posar en su lugar de trabajo.

Recordaba, por otras investigaciones que había tenido entre manos durante sus años de profesional, que eran precisamente los pequeños detalles los que proporcionaban las pistas necesarias para seguir adelante. Por ese motivo tenía que prestar especial atención a cualquier detalle que encontrara entre toda aquella información porque un pequeño hilo del que tirar podía hacer que el caso comenzase a precipitarse con el vértigo necesario para no parar hasta su resolución final.

Le esperaban largos días hasta la conclusión de la

investigación y esto comenzaba a llenarlo de intranquilidad. Su situación familiar había pasado de la tormenta a la calma después de su traslado, pero ahora tenía la sensación de que nubes negras acechaban sobre su matrimonio. No sabía cuál sería la reacción de su mujer cuando le contase lo que estaba sucediendo. El pasado volvía a estar más presente que nunca. Cada vez era más consciente que su matrimonio comenzaba a correr un serio peligo y no podía hacer nada para solucionarlo.

Sumido en aquela preocupación salió del edificio en busca del coche para ir a casa. Todavía no se había hecho pública la muerte del conselleiro y no podía hablar con su mujer. Todo lo que estaba sucediendo lo había sumido en una profunda preocupación, pero tenía que mantener la normalidad al llegar a casa. Su mujer no podía percatarse de que algo estaba sucediendo. Aunque era una mujer muy discreta que había sufrido durante muchos años en silencio la dureza de compartir a su marido con el trabajo y salir siempre perdiendo, sabía que la nueva situación iba a provocar no solo la desazón sino la derrota definitiva de su lucha por salvar a aquella familia.

La noche era magnífica con la catedral presidiendo toda la majestuosidad de la capital gallega pero sus preocupaciones no le dejaron disfrutar de la estampa mientras regresaba de vuelta a su hogar.

4

Los veranos siempre suelen despertar a las gentes de su letargo invernal; llega el calor y las ropas comienzan a sobrar. La llegada de este tiempo nuevo y placentero les hace acercarse en peregrinaje continua hacia la costa para llenarse de sol y de mar; o hacia la montaña en busca de tranquilidad y aire puro. Aquel verano del 75 no sería una excepción para todos aquellos peregrinos estivales.

Las gentes fueron llegando poco a poco a San Martiño do Conde, villa marinera de las Rías Baixas gallegas. San Martiño do Conde era un ejemplo de villa que vivía de y para el mar y la tierra. Su fuente principal de ingresos era el manto azul que besaba sus tierras que también servía de fuente de recursos para sus vecinos. De aquellas aguas celestes y fértiles salía la materia prima para la industria más importante: la fábrica de salazón de pescado, otras pequeñas empresas familiares como el astillero de ribera y los talleres encargados de la reparación de los motores de aquellos barcos de bajura que hacían de San Martiño uno de los puertos más importantes del sur gallego en la pesca de bajura.

La vida del pueblo giraba en torno a la calle principal y a las transversales que moría en ella configurando cuadros perfectamente trazados. Uno de los momentos más importantes eran los días de mercado: todos los lunes y jueves del año, como solían celebrarse en muchos lugares de Galicia repartidos durante los días de la semana. Aquel año, se convertiría en uno de los lugares de destino de muchos visitantes que se acercaban a sus arenales. Muchos habitantes del interior habían decidido, aprovechando los momentos de bonanza económica que se estaban viviendo en el país, para salir en sus vacaciones a las zonas de costa del norte peninsular. Hecho que hasta ahora no había sucedido de forma tan masiva en lugares como San Martiño do Conde.

La primera tanda de visitantes llegó en el mes de julio. Cuando estos visitantes regresaron a sus lugares de estancia invernal, su lugar fue ocupado por los incondicionales del mes de agosto, que generalmente eran más que los del mes anterior. Agosto era por tradición el mes de vacaciones de la mayor parte de los trabajadores desde hacía décadas. Esta ola de visitantes estaba siempre muy condicionada por el tiempo que había hecho en el primer mes de asueto o del clima del verano anterior. Aunque estas dos variables no garantizaban el sol por aquellos parajes sí eran condicionante importante para que el turismo nacional se acercase a San Martiño.

El hotel, que era el único de la villa, servía de poco para todos los que se había acercado durante aquel verano. Muchos de ellos, en previsión de poderse quedar sin alojamiento ya habían hecho sus reservas con meses de antelación, se habían acercado en Semana Santa y habían aprovechado el viaje para dejar la reserva cerrada. En el mes de abril ya no quedaba ni un solo cuarto para ser alquilado. Las reservas habían superado todas las previsiones de sus dueños que se lamentaban de no disponer de más habitaciones pues, más que hubiesen tenido, todas ellas hubieran sido necesarias para cubrir toda la demanda.

Ante esta situación desconocida hasta ese momento en el lugar —el hotel había sido suficiente durante diez años para los pocos visitantes que se acercaban durante el verano-, algunos paisanos habían apostado por alquilar sus casas e incluso cuartos que tenían vacíos. Había quien, pensando que estaba ante la gallina de los huevos de oro, empezaba a plantearse la posibilidad de empezar con obras de cara al próximo verano. No habría mejor época que el invierno para restaurar casas viejas de las que ya se habían olvidado e incluso con más tiempo algunos cubiertos podrían reconvertirse en viviendas para alquilar durante la época estival. Pero todos estos planes habría que dejarlos para el próximo. El actual sería bueno para todos. Nadie dudaba que fuese a ser de otra manera.

No había lugar en el pueblo donde no te tropezaras con algún "jodechinchos" -así era como apodaban los lugareños a sus vecinos de temporada desde hacía muchos años-, aunque los primeros en llegar ya no recibían este apelativo porque eran considerados uno vecinos más del lugar. El mote tenía su historia, como suele pasar con todos los motes y este caso no resultaría una excepción.

Los habitantes de San Martiño viven durante estos meses de verano de los ingresos que le proporcionan sus rapetas (arte de pesca muy usado en la orilla de los arenales de esta zona) y acostumbran a largarlas al mar cuando comienza a morir la tarde antes de que oscurezca. Justamente en ese momento en el que recogían el aparejo desde la arena, porque, aunque largaban dentro del agua después solían recoger desde tierra, a pesar de que había casos en los que recogían en el mar desde su propia barca, aunque no era lo habitual; cuando los turistas sospechaban que llegaría el fruto de la recolección corrían como gaviotas hacia ellos con la intención de obtener la cena gratis, que en la mayor parte de los casos eran "chinchos" o sardinillas. Precisamente del nombre de los primeros y de la actuación de los turistas, era el origen del apodo que usarían los veciños desde aquel momento para referirse a todos los que venían en los meses de verano.

En muchos casos la marea de turistas hacía que fuese imposible ver lo que sucedía dentro del círculo que trazaban sus cuerpos en la arena en posición de ataque y rapiña para acabar llenando los cubos de los niños, incluso algunos venían preparados con bolsas para obtener su botín, sin tener en cuenta que los marineros no tenían la intención de compatir el fruto de su trabajo. No les quedaba otra en tal situación.

Aquel verano del 75 la plaza de abastos de San Martiño estaba más invadida de gentes que nunca y parecía que los visitantes eran cada día más que el anterior. Aunque el pescado no era tanto como en años anteriores, las pescantinas se quejaban que, a pesar de haber tanta gente y los puestos estaban abarrotados de clientes, pocos eran los que compraban.

Los turistas eran famosos por gastar en el alojamiento lo que fuese necesario pero muy poco en su manutención, precisamente de eso era de lo que más se quejaban las pescantinas. Las cosas son así y no hay nadie que sea capaz de cambiarlas. Hay gente que piensa antes en el placer y después en el comer.

Los coches invadían las viejas calles de la localidad que habían sido asfaltadas hacía poco tiempo, con matrículas de lo más variopintas en cuanto a sus procedencias y nacionalidades. A pesar del escaso espacio destinado a aparcamiento y el consiguiente atasco que todos ellos ocasionaban, no habían reforzado los miembros de la policía municipal

Los dos guardias municipales que durante el invierno se activaban de vez en cuando dando un paseo por la localidad, sobre todo haciendo la ronda de los vinos, ahora no daban abasto tratando de ordenar el caos en que se habían convertido las cuatro calles que tenían a su cargo. Maldecían a cada hora al inventor de los coches y todavía más al inventor del turismo. Precisamente cuando todo el mundo estaba descansando ellos eran los que trabajaban. Otros pensaban: "Para dos meses que trabajan, que no se quejen."

Aquel año había sido el boom del turismo en todo el país y la costa gallega no había sido una excepción. Las gentes huían como posesos hacia el mar intentando calmar todas sus fatigas e inquietudes con el olor a salitre, con una pizca de sol y arena. El año había sido bueno económicamente y cada uno había llenado la ucha para poder gozar de un mes de vacaciones como Dios manda. Igual que hacían los ricos desde siglos atrás. Algunos hablaban ya de la democratización del turismo.

Entre todo este bullicio de gentes que iban y venían sin parar, unas para comprar pescado, otras carnes y la mayor parte se limitaban a paseos por las calles atiborradas de gentes foráneas, que no se conocían. Entre este hervidero de gentes se movía con mucho estilo una adolescente de dieciocho años que se encontraba como pez en el agua entre aquella marabunta de gentes.

Antía era del lugar, vivía en una de las aldeas del ayuntamiento: Santa María do Conde. Santa María do Conde mezclaba en su paisaje el verde de los campos con el azul de las aguas en un solo cuerpo, como sucedía en los otros lugares que formaban San Martiño do Conde. Esta aldea despertaba cada mañana entre sus dos mundos, la tierra y el mar. Había vecinos que vivían a caballo de los dos: labriegos durante el día y marineros cuando comenzaba a oscurecer como habían sido antes sus antepasados y pensaban que también lo serían sus hijos. Poco sabían en aquel momento sobre los cambios que se producirían pocas décadas después.

Antía caminaba con los pies desnudos por las mañanas por los caminos mojados por la helada, con falda de jugar al tenis y camiseta de asas aprovechando el calor que se estaba prolongando desde el inicio de la primavera. Deambulaba por los caminos pensando lo que sucedería aquel verano. El verano de sus dieciocho años, no sería un verano como los demás, ella todavía ignoraba todo lo que iba a vivir durante aquel mes de agosto, que tanto condicionaría el resto de su vida

Desconocedora del futuro más próximo, reflexinaba sobre la posibilidad de obtener una beca para comenzar en otoño una carrera universitaria. Salir de la aldea que ya se le había quedado pequeña desde hacía un par de años. Aunque sabía que no había sido capaz de olvidar sus problemas en los últimos exámenes de PREU y a pesar de todo, habían sido buenos los resultados obtenidos. Todo un invierno de esfuerzos merecería la pena si al final le concedían la beca que había solicitado, aunque hasta septiembre, cuando el verano estuviese a punto de cerrar sus puertas, no obtendría la respuesta. En ese momento sabría si podrían hacerse realidad o no sus sueños.

Pero Santa María do Conde no es solo campo. Sus playas son casi tan paradisíacas como las que se ven en televisión, esas playas que podemos encontrar en las islas del Caribe. El mar besa las tierras bajas de la aldea, un mar que con el ronquido de las olas sirve de melodía para labradores y marineros en las eternas noches invernales.

Sus gentes, moradores de aldea, que se caracterizan por su sencillez, humildad y por ser muy hospitalarias, abren sus bodegas a todo visitante, sin pararse a pensar si son de fuera o desconocidos hasta ese momento. Por los caminos todos se conocen, recuerdan juntos lo que habían vivido de jóvenes, hablan de las últimas fiestas, del vino que está a punto de entrar en las bodegas, del maíz que cosecharán ese año... Hablan de política sin fanatismos, con palabras sencillas, de cuanto ha subido la bolla de pan, de lo poco que subirá el precio de los bueyes en la feria...

Antía había nacido en la época de la siembra, en el mes de mayo, el mes de los locos como le decía siempre su abuela. Ser del mes de los locos era una característica que presidía sus acciones. Alocada era, pero a la vez sensata cuando la situación lo requería, cuando no era necesario, era amiga de la diversión como la que más. A veces se le ocurría hacer alguna de las suyas.

De pequeña entretenía las tardes asustando a las gallinas y metiendo los pies en el cubo de la ceniza, cuando no acaba toda ella dentro. Todavía le recordaba su abuela lo que había tenía que refregar en ella la última vez que se le había ocurrido hacerlo. La sacara de allí negra como un tizón, rascara en ella como había hecho en más de una ocasión con las tarteras en las que cocía las patatas para los cerdos, hasta conseguir que la niña perdiera aquella negrura y recuperara su color natural. "¡Cuántos trabajos me había dado de niña!", decía la abuela cada vez que relataba aquella trastada de su nieta.

Con el paso del tiempo había crecido y se había convertido en una joven hermosa y con encanto. Sus cabellos eran negros, tanto como las noches de invierno. Su rostro carecía de maldad, reflejaba inocencia por todos los poros de su piel. Era amiga de sus amigos, no le negaba el saludo a nadie que se cruzase con ella por los caminos de la aldea.

En el invierno le apasionaba agazaparse tras los cristales, pegando la naríz a la ventana para ver caer la lluvia en las eras. Podía estar toda la tarde sumida en sus pensamientos, sin mover un solo músculo esperar a que parase la lluvia para abrir la puerta apresuradamente, salir a los campos a respirar el aroma y la frescura que manaba de la tierra al mezclarse con la frialdad que acababa de dejar el agua recién caida.

Como las buenas costumbres no se deben perder cuando son consideradas más un beneficio que un perjuicio, seguía haciendo lo mismo que había comenzado de pequeña y que había visto hacer de siempre a sus abuelos: seguir el ritmo que les marcaba la luz de día y los tabajos que tenían que asumir día tras día. En invierno se acostaba con las gallinas justo al ponerse el sol, tras invadirlo todo la oscuridad, y en verano nunca tenía sueño porque la luz del día y la intensidad que esta aportaba parecía que le recargaba todo el cuerpo.

Antía, por la tarde, cuando el sol rebullía, solía acercarse a la playa, acostarse en la arena entre gentes de fuera como si fuese una turista más. Se mezclaba con gentes que le eran extrañas, que no conocía, pero esto no le importaba. Ella únicamente quería que su cuerpo adquiriera el tono moreno, para que su color blanquecino no destacase de manera especial bajo la ropa.

En una de sus caminatas por la playa, planicie que dormían en invierno, que en verano despertaba presumida para que las gentes llegadas de fuera y también para algunos, más bien pocos, de la aldea, una tarde conoció a tres jóvenes: Mario, Joaquín y Luis.

Antía como era una joven muy abierta se hizo amiga de los tres jóvenes llegados de lejos. Los tres estaban alojados en el hotel del pueblo, se habían conocido precisamente allí después de unos primeros días de aburrimiento. Desde entonces, decidieron que los días que permanecieran en San Martiño do Conde estarían juntos Sorprendentemente los tres habían viajado solos para pasar allí unos días de vacaciones. Que hubiesen viajado solos causó sorpresa en Antía, lo que la sorprendió más todavía fue la presencia de los tres jóvenes.

Ella soñaba con viajar con viajar, pensaba que lo haría a partir *de septiembre si sus sueños universitarios se hacían realidad. Veía reflejada toda aquella ilusión en Mario, Joaquín y Luis.*

V

Se sentó cómodamente porque el trabajo que iba a comenzar no acabaría tan rápido como le hubiera gustado. Sabía por experiencia de otras investigaciones, esta no iba a ser una excepción, que el tiempo pasaba tan rápido que lo que para él suponían minutos se habían convertido en horas y horas de trabajo.

Ensimismado en estos pensamientos echó mano de la carpeta que todavía reposaba en su mesa y en la que había comenzado ya su investigación la jornada anterior. El inspector llevaba varias horas dándole vueltas al caso del conselleiro cuando un de sus compañeros de la comisaría le comunicó que tenía una llamada de un colega de la policía mexicana.

El inspector García cogió el teléfono con cara de pasmo mientras pensaba en quién conocía en la otra orilla del Atlántico. No fue capaz de que le viniese al pensamiento un nombre, menos todavía el rostro que podía estar al otro lado de la línea telefónica.

- Buenos días - sonó una voz en el auricular que acababa de acercarse a la oreja para sacarlo de la incertidumbre que le había provocado el recado que le acababa de trasladar su colega.

- Buenos días - dijo con voz de sorpresa que no fue capaz de disimular, que seguramente había percibido su interlocutor. Pero no le causó ningún problema que quien estuviese al otro lado de la línea se pudiese percatar. No era para menos. Su sorpresa inicial fue en aumento cuando se percató de que el saludo que acababa de escuchar era en un gallego perfecto.

- No solo era del otro lado del Atlántico, sino que tenía toda la pinta de ser un gallego de la diáspora - pensó mientras aguardaba que aquella voz le diese alguna pista que aclarase a qué se debía aquella comunicación desde un lugar tan alejado de Compostela. La situación en la que estaba envuelto resultaba más sorprendente y desconcertante todavía.

Mientras estaba sumido en todos estos pensamientos la voz que lo acaba de saludar volvió a manifestarse de nuevo.

- ¿Hablo con el inspector García?

- Sí, soy yo.

- Lo estoy llamando de México DF como supongo que ya le habrán dicho soy el Comisario Jefe da Silva de Celaya. Se estará preguntando porque estoy hablando con usted en estos momentos, cuál es el motivo que me ha llevado a comunicarme.

Pues bien, si no me falla mi instinto sospecho que

además de estar sorprendido de que le llame más todavía le sorprenderá que hable usted con usted en gallego. Antes de comentar el motivo de mi llamada tengo que decirle que soy hijo de gallegos, me enteré por los teletipos que desde Galicia solicitaban información a través de la INTERPOL sobre crímenes cometidos recientemente en los que se produjesen mutilaciones de órganos genitales. En respuesta a su petición de información es mi llamada.

Aquellas palabras de da Silva además de ser toda una sorpresa fueron recibidas con mucha satisfacción por el inspector García. La hipótesis de un crimen llevado adelante por una organización internacional comenzaba a tomar cuerpo en su mente. Dos víctimas muertas de la misma forma, dos lugares tan alejados, todo hacía pensar en un crimen internacional. De repente salió de todos estos pensamientos en los que estaba sumido y le espetó a su interlocutor.

- Pógame al día con lo sucedido en su caso.
- Tengo que comentarle que lo que más me llegó a sorprender es que se produjese un crimen similar en Galicia. He estado investigando la muerte de un ciudadano mexicano de origen gallego que había muerto en las mismas circunstancias. ¿No le resulta cuando menos desconcertante que nuestra víctima fuese de origen gallego y que otro crimen semejante se produjese precisamente en Galicia? Estaba muy interesado en hablar precisamente con usted para intercambiar información y poder concluir si los dos casos guardan algún tipo de relación. Aunque nuestro caso ya esté archivado por falta de un posible culpable estoy dispuesto a

colaborar con usted e incluso a reabrirlo. Hubo personajes muy destacados en este país que se dedicaron a que el caso no fuese adelante y esto me ha dejado muy contrariado. Ahora que en Galicia acaba de pasar lo mismo me hace sospechar que puede no tratarse de un caso aislado, sino que pueda ser un caso de mayor repercusión que la simplemente local y que podamos estar metidos en un lío de carácter internacional.

El inspector García escuchaba todo lo que le contaban desde América sin mover un solo músculo, sin articular palabra. Lo que menos se imaginaba es que hubiera un caso semejante y que, como bien le acababa de apuntar da Silva, pudiese tratarse de una serie de crímenes a nivel internacional y tuviese entre manos un asunto muy gordo.

Lo que le dejó más sorprendido fue que, siendo de origen gallego la víctima y con tanta relevancia en la diáspora, en Galicia no se había sabido nada del caso de este empresario mexicano de origen gallego que había muerto hacía dos años. Justamente en una época en la que las televisiones se dedicaban a sacar a la luz todo tipo de crímenes y sucesos, y estaban muy a la espectativa para mantener informados a los espectadores. Todo resultaba muy estraño, y comenzaba a darle mala espina lo sucedido con el Conselleiro de Industria y su posible relación con el asesinato del empresario mexicano.

Mientras estaba sumido en aquella tormenta de pensamientos, su interlocutor, tratando de dar por finalizada la conversación que estaban manteniendo lo sacó de sus pensamientos y volvió a la conversación que estaba manteniendo con da Silva.

- Si le parece bien, le enviaré por fax toda la información que tenemos aquí archivada sobre el caso de Joaquín Pérez, que ese era su nombre.

El inspector García se percató de que hasta aquel momento su interlocutor no le había dicho el nombre de la víctima. Lo que no sabía en aquel momento era que precisamente esa llamada sería fundamental para comenzar a abrir camino en aquela investigación.

- El señor Pérez era uno de los empresarios más poderosos de México, por eso la aparición de su cadáver en su finca en esta provincia de Celaya había creado conmoción entre el mundo empresarial y político, no solo de Celaya sino que de todo el país.

- Espero impaciente la llegada de su informe. Seguiremos en contacto da Silva - respondió el inspector García dando por finalizada aquella conversación.

- Ahora mismo se lo envío García.

Después de esta conversación tan inesperada se le había abierto al inspector García un camino con el que hasta ahora no contara demasiado. La conjetura que daba vueltas en su mente era todavía muy poco consistente, pero comenzaba a abrirse camino entre las posibilidades que ya estaba barajando.

Quizás se tratase de un ritual de alguna sociedad secreta o secta a nivel internacional de la que formaban parte empresarios importantes de todo el mundo, o cuando menos de gallegos de la diáspora y de la tierra. Aquella posibilidad de sociedad secreta de ámbito gallego o de descendientes de gallegos no se podía descartar. ¿Sería el origen gallego el eslabón que permitiría unir aquella cadena? ¿Se trataría realmente de una secta o grupo secreto de hombres con mucha influencia, o simplemente de dos crímenes, que por esas cuestiones del destino coincidían en sus circunstancias? ¿Habría algún crimen en la historia similar que puidese servir de patrón de actuación a dos criminales diferentes? Todo era posible. No obstante, la posibilidad de que existiese relación directa entre las dos víctimas comenzaba a golpear cada vez con más fuerza en su mente. Solo quedaba encontrarla, en ese momento tendría el hilo del que tirar para deshacer aquella madeja.

Tenía que esperar por el envío que llegaría del otro lado del Atlántico para que esta respuesta que ahora le hervía en la cabeza comenzase a tener la solución deseada. De repente, recordó los papeles que había dejado sobre la mesa el día anterior. Quizás allí lo esperaba la relación entre las dos muertes. Era necesario sumergirse de nuevo en aquel manojo de papeles que tenía delante.

La llamada que acababa de recibir abría la puerta de la venganza o del rito litúrgico, de par en par. ¿Pertenecerían las dos víctimas a alguna sociedad secreta ocultista o satánica? ¿Habrían sido víctimas de sus propias creencias? Las otras posibilidades que tenía recogidas en su libreta de piel quedaban por el momento ensombrecidas por estas dos hipótesis que golpeaban con fuerza entre sus vías de investigación.

Estos pensamientos en los que estaba sumido fueron interrumpidos por una voz que desde el exterior de su despacho le avisaba que en breves momentos comenzaría la rueda de prensa del Presidente para anunciar una noticia de alcance, y el jefe les había pedido a todos que se reuniesen alrededor de la pantallaque tenían en la sala de reuniones. A pesar de ser su cuerpo el encargado de la investigación solo él y su jefe sabían lo que había sucedido, el resto no sabían qué tenía entre manos el inspector García. Ni sus colaboradores más cercanos habían sido informados de lo que sucedía a pesar de todos los documentos que habían sido requeridos el día anterior, y la llamada que es acababa de producir desde el otro lado del Atlántico. Él mismo se había preocupado de ir solicitando la información sin aclarar el motivo. Aquella joven que iba y venía con papeles no sospechaba que lo que estaba investigando era un crimen; con toda seguridad pensaría que lo que estaba haciendo era investigar algunos "trapicheos" o asuntos de carácter económico del Conselleiro de Industria.

En la comisaría todos estaban pegados a la pantalla del televisor esperando ansiosos que la TVG interrumpiese de un momento a otro el programa que estaban emitiendo para conectar directamente con el Pazo del Hórreo, lugar que empleaba el Presidente para las ruedas de prensa que tuviesen que ver con su labor presidencial; las de partido eran en la sede que estaba al outro lado de la calle, justo frente al edificio en el que estaba la sede del Parlamento Gallego.

De repente se produjo la tan esperada interrupción. En la pantalla apareció la cabecera del *Especial Informativo*. El presentador comenzó a desgranar una a una las palabras que le habían escrito para introducir las que pronunciaría el jefe del gabinete gallego con las que debía informar a la población de un acontecimiento de tal gravedad como para tener que interrumpir la programación y ser el mismo él quien se dirigiese a sus conciudadanos.

- Señores espectadores interrumpimos la emisión para conectar con el Pazo del Hórreo donde el Sr. Presidente de la Xunta va a dar comienzo a una rueda de prensa que acaba de ser convocada por vía de urgencia. Tenemos que comunicarles que desconocemos el motivo de la convocatoria. Conectamos en seguida con el Pazo del Hórreo, sede del Parlamento Gallego.

- Compañeros estamos en directo.

- Buenos días, señores telespectadores. Tenemos que informarles que hemos sido convocados por el Sr. Presidente para dar una noticia de alcance para todo el país. No podemos avanzarles por ahora nada más, desconocemos el contenido de la rueda de prensa. Ya comparece el Sr. Presidente con rostro desencajado y gesto cansado. Procedemos a escuchar sus palabras.

- Bien queridos conciudadanos. No desearía tener que darles una noticia como la que me veo en la obligación de anunciarles, pero mi deber como primer mandatario de este país es asumir las riendas en situaciones tan graves como la que se acaba de producir hace unas horas. Ayer por la mañana, uno de mis colaboradores más cercanos en el Gobierno Gallego, el Conselleiro de Industria, D. Mario Fernández ha fallecido. Las causas de su muerte todavía no han sido aclaradas, las investigaciones sobre lo sucedido están en manos de la Policía Autonómica. En este momento tan duro para todos nosotros me gustaría dirigir unas palabras de aliento para su familia y desear que con la máxima celeridad se descubra y aclare la causa de su muerte. Les comunico que a partir de este momento toda la información que les trasladaremos sobre el caso va a estar coordinada por el Comisario Jefe de la Policía Autonómica, a través de los conducos oficiales.

Las palabras que acababa de pronunciar el Presidente golpearon en los oidos del inspector García como las campanadas de la Berenguela. Él era perfectamente consciente de que se estaba enfrentando al caso más importante y complicado de toda su carrera policial. Lo peor de todo es que no tenía nada que ofrecerle al comisario para apaciguar la presión a la que se iba a ver sometido su jefe por la opinión pública y por el propio Presidente. Pero tenía la sensación de que en poco tiempo ya tendría algo que trasladarle. Aunque todavía era muy pronto para informarlo de todas sus conjeturas, que solo eran eso, suposiciones y nada más, era necesario que comenzasen a cobrar forma y convertirse en pruebas sólidas que poder presentar. Cada cosa a su tiempo. No convenía precipitarse en sus valoraciones y acabar llegando a un callejón sin salida.

VI

De repente, ojeó aquel montón de papeles que tenía encima de su mesa traído por la rubia explosiva. Allí tenía que haber algo que relacionase aquellas dos muertes y él había sido el elegido para descubrirlo cuanto antes. El tiempo era lo importante, porque en aquella situación los políticos rápidamente se pondrían nerviosos y la presión aumentaría día a día. Ellos deseaban que todo se resolviese rápidamente, pero los tiempos de las invertigaciones eran totalmente imprevisibles, nadie podría controlarlos. Dependían de tantos fectores que era imposible saber cómo evolvucionarían. Incluso a veces cuando uno estaba más que convencido de que se iba a resolver rápidamente aparecía algo nuevo que echaba por tierra todo lo anterior. Por eso, como decía su abuelo no se podía poner el carro antes de los bueyes.

Antes de retomar la lectura de los papeles, pidió que le trajesen una buena jarra de café. El día iba a ser muy muy largo. Necesitaba llenar sus venas de cafeína para poder revisar con mayor lucidez todo lo que tenía entre manos.

Se puso a leer lentamente todo aquel montón de papeles sin tener muy claro por dónde continuar lo revisado el día anterior. Tenía la sensación de que cada día sería volver de nuevo al principio, aquello era lo peor que le podía pasar. Así la investigación no avanzaría. La historia de Mario Fernández en el mundo de los negocos, su carrera política… Todo aquel expediente resultaba muy curioso. ¿Era el conselleiro un home sin infancia? ¿Encontraría en ella la respuesta a su relación con el empresario mexicano?

Todo lo que estaba recogido entre aquella documentación era la historia del personaje público, del empresario que había cruzado la línea de los negocios para convertirse en gestor de lo público, pero ¿dónde estaba la historia del hombre? Precisamente en esa parte de su figura era dónde posiblemente se escondería la clave de aquel crimen. Hecho que más tarde, llegaría a descubrir el inspector García, aunque lo desconocía en aquel momento.

Después de varias horas revolviendo en los papeles no había sido capaz de descubrir nada de la vida de la víctima que no fuese conocida por los periodistas o por todas aquellas personas que se preocupaban un pouco por la política o por los negocios. Aquela era su imagen pública, pero él necesitaba rebuscar en su historia personal, en lo más profundo, en lo más oculto de su vida. Aquello no iba a resultar nada fácil. Hombres como él protegían muy celosamente su privacidad a pesar de ser hombres públicos.

Había sido uno de los primeiros de su promoción en la Facultad de Económicas en la Universidad de Santiago.

Esto le había sugerido la necesidad de ver si existía algún tipo de relación entre las dos víctimas en su etapa universitaria, si existía esa concidencia podría ser un hilo del que tirar. Aunque da Silva no había mencionado la presencia de Joaquín en Galicia durante su etapa universitaria, no debía dejar por ello de verificarlo.

Un joven empresario que había heredado la compañía de transportes de su padre, la más importante del país, había sido capaz de hacerla crecer hasta convertirla en una de las más importantes del Estado. "Su cercanía a los círculos de poder se lo había facilitado.", pensaba mientras leía lentamente todo el informe del conselleiro. Non iba muy descaminado, en las referencias de prensa que encontró en la carpeta se hablaba de la obtención de subvenciones para la compra de otras empresas que habían sido denunciadas por irregulares por los portavoces de los partidos de la oposición, incluso investigadas por la fiscalía. Después de tener prácticamente el monopolio del transporte de viajeros en Galicia había intentado hacerse con parte del mercado europeo. Incluso había llegado a asociarse con empresas internacionales líderes para hacer crecer el negocio familiar con una rapidez que había llamado la atención de los lobos de la política. Y todo gracias a su espíritu emprendendor y de exigencia personal que se había impuesto desde muy joven, eran afirmaciones del portavoz de su partido para justificar aquel revuelo provocado por todas las subvenciones recibidas. Non era nada estraño que, como empresario agradecido, no lo pensase mucho para acompañar a los que le habían favorecido en la contienda polítca. Volvía a ser un caso más en el que al zorro se le encomendaba el cuidado de las gallinas.

Su entrada en política había resultado de lo más inesperado para todos aquellos que no se habían dado cuenta de la estrecha relación existente entre los negocios y el poder. Había resultado sorprendente, quizás, porque la política y su carácter no cuajaban excesivamente; más bien todo lo contrario. Aunque eran bien conocidas por todos, sus ideas neoliberales, ni los más próximos pensaban que entraría en la batalla política precisamente en aquel momento. Había sido en las autonómicas del año 98, justo en el momento más delicado para su empresa, o justamente sería por eso, que se había decidido a dar el paso hacia la escena política.

Sus detractores políticos y económicos decían que era un hombre que no daba puntada sin hilo. Aquel pensamiento podía extraerse de las diferentes informaciones que aparecían en los periódicos que había encontrado entre los documentos que recogían su entrada en la política por la puerta grande: la Consellería de Industria; una de las áreas de gestión más importantes en el nuevo organigrama del gobierno gallego. Aquel detalle no se podía obviar en todo este caso, puesto que podía ser la causa de su muerte.

La carrera política del conselleiro había sido espectacular. Había pasado de ser un desconocido para las gentes de lo común, a tener un papel destacado y polémico en el nuevo gabinete del Presidente Rodríguez Lema. Era una persoa de lo más crítica tanto con los miembros de su propio partido como con los de la oposición. Se tardaría en olvidar su último enfrentamiento con el propio Presidente gallego y el Gobierno Central a causa de la última reconversión a la que querían someter al sector naval gallego para salvar el vasco y andaluz. Él no estaba de acuerdo y no tenía ningún problema en manifestalo públicamente cuando algún periodista le preguntaba sobre el tema, a pesar ser el Gobierno Central del mismo color político que el suyo.

Como se podría olvidar que, él mismo sin sonrojarse ni lo más mínimo, se había puesto a la cabeza de la manifestación organizada en Ferrol por los trabajadores del sector. Este gesto de valentía había sido muy aplaudido por los portavoces de la oposición que también estaban en la protesta. No sucedió lo mismo en el seno de su partido ni en el propio gobierno, todos ellos criticaron con gran dureza esta actuación, porque ese no debía ser su papel.

En los documentos que tenía entre sus manos estaba recogia la rueda de prensa posterior a la manifestación en la que sus declaraciones no habían hecho más que profundizar en la brecha con sus compañeros del Gobierno Central. Sus palabras habían sido recogidas por todos los medios a nivel nacional, que no habían podido resistir la tentación de reproducilas literalmente.

Les echó unha ojeada muy lentamente a las palabras del conselleiro, no porque fuesen importantes para la investigación, pero sí porque le darían una visión muy fidedigna de cómo era su personalidad. A partir de ela podría tener más claro como era realmente aquel hombre que se había convertido desde el día anterior en su obsesión. Como ya le había sucedido en otros casos que había tenido que investigar en sus años de agente de la lei. Aquellas palabras no eran las que se esperaban de un miembro de un gobierno amigo y por eso despertaban la curiosidad del inspector García.

"El sector naval es una parte esencial de mi área de gobierno y es mi obligación defernderlo. Soy político, pero sobre todo gestor, me debo al compromiso que tengo adquirido con los votantes, no al partido político en el que milito. Los trabajadores tendrán siempre mi apoyo cuando las reivindicaciones sean justas. Desde la calle también se hace política, aunque muchos de los que forman parte del Gobierno Central lo hayan olvidado. Muchos de los que hoy caminaban a mi lado son, sobre todo, más que votantes, que eso no viene al caso, los administrados a los que se me encomendó servir, eso es lo que he venido a hacer aquí en estos momentos. Ser un representante más de la cosa pública. En el momento en que alguien me obligue a olvidarlo, dejaré mi cargo."

Aquellas declaraciones públicas y el gesto de coherencia política lo llevaron a ganarse un buen número de enemigos en los bancos azules del Parlamento, y sobre todo entre sus compañeros de Madrid que no conseguían entender su actuación de otra manera que no fuese una traición por parte de uno de los suyos y un intento de toma de posición de cara a un posible relevo en la cúpula del partido en Galicia. Aquello no entraba en sus cabezas porque estaban muy acostumbrados a que todos los miembros del partido acatasen, sin levantar la voz, las decisiones Llegó incluso a hablarse de que sería invitado a presentar su dimisión o que sería cesado de su cargo por el propio

Presidente. Nada de todo lo que se anunciaba en los mentideros políticos llegó a producirse. Todo lo contrario, toda esta campaña de acoso y derribo consiguió reforzar más y más su imagen de futuro sustituto del actual Presidente en las próximas elecciones autonómicas. Cuando alguien de la prensa le insinuaba esta posibilidad simplemente se limitaba a sonreir y a no decir nada.

El Conselleiro de Industria era en el momento de su muerte el personaje de más prestigio en el panorama político gallego, incluso por encima del Presidente. Se había convertido en un político muy incómodo para la cúpula de su partido e incluso temido. Todos sabían que no tendría ningún problema en marcharse e integrarse a otra formación que se lo propusiese. No era hombre de partido y esa situación le había permitido un margen de movimientos del que los otros carecían.

Su biografía política abría también la posibilidad de que bajo el engaño del crimen ritual se ocultase una venganza política, la desaparición de un personaje incómodo y peligroso para las viejas familias de la casta política que controlaban el partido. No era nada descabellado pensar que tras el crimen ritual se ocultase un crimen político. No se puede descartar esta segunda vía a la ligera. En contra de esta tesis cobraba importancia el asesinato al otro lado del Atlántico. No parecía lógico tomarse tantas molestias para ocultar un crimen político haciendo aparecer otro cadáver con las mismas características al otro lado del Atlántico. En caso de haberlo hecho, lo más coherente sería pensar que el otro crimen se produjese también en Galicia para entretener a la policía en es línea de investigación; o en caso de haberlo hecho tan lejos darle la publicidad necesaria para que la policía pudiese facilmente relacionarlos y establecer la línea de investigación hacia el ritual de una secta o sociedad secreta de hombres importantes que se habían convertido por algún motivo en gente incómoda. En ese caso convenía dejar indicios y no poner todas las trabas que se le habían puesto a la investigación de la muerte del empresario mexicano. Si esto fuese así tendría más lógica esta hipótesis.

Desde luego si había una línea de investigación que estaba totalmente descartada era la del robo. Aunque en el caso de la venganza política, el móvil del robo sería más fácil de presentar que la escena de mutilaciones en la que se encontraba la víctima. Todas aquellas incógnitas hacían que el caso se estuviese liando cada vez más. La muerte del empresario mexicano seguía siendo el hilo de unión que tenía por ahora en aquella investigación.

Personaje curioso el Sr. Conselleiro - pensó el inspector García después de sus andanzas por la vida pública del asesinado. Con esta trayectoria cualquiera podría ser su asesino.

A pesar de que la posibilidad del crimen político tenía relevancia en la investigación, comenzaba a abrirse paso, poco a poco, una idea que seguía dando vueltas en su cabeza: "La clave está en su vida privada." Estaba entretenido en estos pensamientos cuando regresó a la realidad y se dio cuenta de que ya no había nadie en la comisaría. Era bastante tarde. Dejó los papeles medianamente ordenados y decidió que era buen momento para irse a casa.

Durante el camino le acompañaba una pregunta: "¿Cuál sería realmente el móvil de aquel crimen que iba a marcar su trayectoria policial?"

Todo el día había estado tan enfrascado en el caso que no había tenido tiempo de pensar que su mujer ya se habría enterado de la noticia de la muerte del Conselleiro de Industria y de que el caso había sido asignado a la Policía Autonómica. Lo que desconocía, aunque, posiblemente lo sospechase, era que el caso se lo habían asignado a él. Sabía que lo intuiría puesto que por su trayectoria profesional no pensarían en otra persona más adecuada. Los temores de vivir de nuevo situaciones familiares que ya habían sido superadas, comenzaban a manifestarse en la preocupación que se vislumbraba en su rostro.

Era perfectamente consciente de que su mujer no estaría dispuesta a volver a pasar, una vez más, por aquella situación. Tenía claro que su matrimonio estaba al borde del abismo que se abriría en el momento de comunicarle que él era el responsable de la investigación.

Todos estos pensamientos que lo invadían provocaron que el caso que tenía entre manos pasase a un segundo plano. Era la primera vez en su vida que había conseguido que su vida personal llegara a ensobrecer la profesional. Algo estaba cambiando en él, el miedo a perder a su familia era lo que lo había hecho actuar así.

Hasta que pasasen las semanas no sabría si su vida personal era capaz de sobrevivir al nuevo caso que tenía entre manos. A pesar de sobrevolar sobre su existencia la posibilidad de perder a su familia definitivamente, solo quedaba esperar los acontecimientos que se desarrollarían con el paso de los días y que afectaría a su vida privada.

VII

Después de haber pasado toda una noche sin pegar ojo su aspecto era lamentable. No tuvo la osadía de volver a verse en el espejo por no lamentarse de su aspecto. No había sido precisamente el crimen de la calle de la Rosa la causa de su insomnio. A pesar de todo lo sucedido en casa la noche anterior, estaba ansioso por llegar a la comisaría y poder leer la documentación que ya habría llegado de México. En aquel momento un escalofrío se apoderó de su cuerpo, en su vida persoanl acababa de perder una nueva batalla.

No había dormido en toda la noche pensando en cómo podría salvar su matrimonio, no tener que alejarse de la mujer que tanto amaba y de sus hijos. Pero de camino a la oficina su pensamiento estaba ya en otra cuestión: "¿Cuál sería la relación entre los dos crímenes?" Porque si de algo estaba cada vez más convencido es que indudablemente existía relación.

– ¿Cuál sería la relación entre Mario Fernández y Joaquín Pérez? - pensaba mientras aparcaba su coche y se dirigía a su despacho.

La respuesta más lógica sería pensar que su vinculación estaría en la presencia de ambos en algún negocio. Lo que lo tenía más contrariado era el hecho de que en el expediente del conselleiro non hubiese encontrado nada al respecto de la posible relación que hubiese existido entre ellos. Esperaba con impaciencia la llegada a comisaría precisamente para ver si en el expediente que debería haber llegado ya sobre el crimen del mexicano aparecía la tan ansiada relación. De no ser así debería investigar en su vida personal para averiguar si existía vinculación entre ellos al margen de los negocios.

Cuando llegó a la comisaría ya lo estaba esperando, muy nervioso, el Comisario Jefe en su despacho.

- Inspector García, ¿tenemos alguna novedad sobre la muerte del Conselleiro? Como puede suponer el Sr. Presidente tras la rueda de prensa de ayer quiere saber como se van desarrollando las investigaciones. Necesito informarle de cuáles han sido nuestros avances. Como ya supondrá la prensa no tardará mucho en remover a fondo en la vida de la víctima y necesitamos estar preparados para lo que pueda aflorar sobre él.

– No - se limitó a contestar. En aquel momento lo único que le importaba era tener entre sus manos la documentación recibida del otro lado del charco y poder enfrascarse en ella. Ser capaz de encontrar algo de claridad en aquel callejón sin salida en el que se encontraba y del que deseaba salir de una vez. Era perfectamente consciente que tendría que darle algo a su jefe cuanto antes, sobre todo después de las últimas palabras que acaban de intercambiar.

A pesar de la contundencia con la que había respondido a su petición, no ignoraba la presión a la que estaba sometido. Su puesto no era la envidia de nadie en los momentos que se estaban viviendo. Las presiones de la Presidencia de la Xunta debían ser moi fuertes. Esos pensamientos fueron los que lo acompañaron desde la puerta de su despacho hasta el momento en el que se sentó en su mesa y comenzó a revolver en los papeles que tenía sobre ella.

Sorprendentemente mientras trataba de ordenar los papeles que tenía desperdigados por encima de la mesa se percató de que no eran otros que los que él mismo había dejado allí la noche anterior "medianamente ordenados" antes de irse. La contrariedad llenó su rostro, no estaba la documentación que aguardaba desde el día anterior y que tanto necesitaba. Ellos eran el faro que debería iluminar su camino a través de los escollos que iban apareciendo en la investigación de aquella muerte. Con gesto de contrariedad cogió el teléfono con la intención de llamar al Comisario Jefe da Silva. Necesitaba una respuesta que contestase la pregunta que llevaba horas consumiéndolo.

— ¿Comisario Jefe da Silva? Le habla el inspector García de la Policía Autonómica. ¿Se acuerda usted de mí?

— Sí, como no me voy a acordar. ¿Quiero suponer que me llamará por la muerte del conselleiro? ¿Ya ha recibido la documentación que ordené que le enviasen por fax?

— Le llamaba precisamente por eso. No he recibido todavía el expediante sobre la muerte de Joaquín Pérez.

— Seguramente no se lo han enviado todavía. No se preocupe, me voy a encargar personalmente de que se lo envíen inmediatamente.

— Antes de que se ocupe de eso tengo una cuestión que plantearle a la que le llevo dando vueltas desde ayer y que posiblemente pueda usted resolvérmela.

— Dígame, y lo haré con mucho gusto.

— ¿Ha encontrado usted durante la investigación sobre el caso alguna relación entre la víctima y el Sr. Conselleiro?

— Realmente no. La única relación del Sr. Pérez con Galicia había sido una visita que había hecho de adolescente, en el verano del 75, a una villa marinera llamada San Martiño do Conde. Este ha sido el único viaje a Galicia que ha hecho la víctima. Según parece había sido un premio que le habían dado sus padres por haber aprobado el curso con buenas notas y para que tuviese la posibilidad de conocer la tierra de sus abuelos.

La cara de decepción del inspector García era desoladora. Empezaba a barajar la posibilidad de que los dos crímenes no tuvieran ninguna relación. No obstante, trataría de investigar en la vida personal del conselleiro lo sucedido en su verano del 75. Ese era por el momento el único eslavón de su cadena que parecía unir a las dos víctimas, aunque fuese muy poco consciente por ahora de la existencia de esa relación.

Cuando regresó de sus pensamientos a la realidad, se percató de que unos nudillos estaban golpeando al cristal de su puerta. Elevó la mirada lentamente y vió que uno de los inspectores estaba al otro lado esperando su asentimiento para entrar. Cuando el agente escuchó la invitación para entrar así lo hizo.

— Inspector, acaba de llegar la mujer que encontró el cadáver del conselleiro para prestar declaración. ¿Procedemos nosotros o quiere hacerlo usted personalmente?

— No, lo haré yo personalmente, respondió el inspector García.

En el momento en el que se iba a levantar para digirise a la sala de interrogatorios se percató de que todavía tenía a su interlocutor al otro lado del teléfono.

— ¿Comisario Jefe da Silva? Quedo a la espera de su envío y de toda la información que pueda proporcionarme de la relación del Sr. Pérez con Galicia.

— Ahora mismo se la envío.

Los papeles tardarían unas horas en llegar porque, aunque en el momento de la llamada, el inspector García no había reparado en la cuestión horaria, no estaba llamando a Pontevedra o a Madrid, lo estaba haciendo al otro lado del Atlántico.

Mientras el inspector García se dirigía al interrogatorio de la mujer que había encontrado el cadáver, seguía dándole vueltas a cuál podría ser la relación entre las dos muertes. Tenía que haber algo que relacionase a las dos víctimas, el problema estaba en dar con él. El inspector era consciente de que la investigación non sería fácil, y menos ahora que la prensa ya había recibido la noticia de la muerte del conselleiro. Comenzarían con su trabajo de rapiña para obtener las mayores cuotas de audiencia para sus canales. "La lucha de trincheras acaba de comenzar."

Ahora que la noticia de la muerte del conselleiro ya se había hecho pública y se había informado a la familia, podría investigar entre las personas de su entorno más cercano y ampliar el foco más allá de los papeles y de la oficina. Estos ya no serían la única posibilidad de avanzar algo más en la investigación. En su círculo familiar alguien podría aportar luz sobre el verano del 75 en la vida del conselleiro que por aquellas fechas era todavía un adolescente que desconocía su futuro y menos todavía la muerte que tendría un cuarto de siglo después.

Estaba sumido en aquellos pensamientos cando se percató que ante sí tenía ya la puerta de la sala de interrogatorios. Aunque la persona que lo esperaba del otro lado no era un acusado, aquel lugar les proporcionaría la intimidad necesaria para mantener aquella conversación. Convenía tener a aquella pobre mujer alejada de los focos mediáticos ya que ella sería uno de los primeros objetivos después de la familia. Poseía información muy valiosa y, sobre todo, golosa para los profesionales de la rapiña que vivían de los despojos de la información.

Cuando entró, se encontró ante una mujer de mediana edad y aspecto frágil. "Resultaría muy fácil conseguir que se derrumbase si había tenido participación en el crimen", pensó mientras se sentaba frente a ella, solo separado por el ancho de la mesa. Ahora que podía ver bien aquella sala, se percató de que resultaba un espacio excesivamente frío para mantener aquella conversación con alguien que no estaba acusado de crimen alguno. "Ahora ya no era el momento de llevarla a mi despacho."

Resultaba imprescindible comenzar con la declaración porque no existía justificación para demorar más aquel momento. Antes de bombardearla con las preguntas realizó un esquema mental de los pasos que debería seguir. Todas las cuestiones que le plantearía con la finalidad de esclarecer los dos aspectos sobre los que apoyar lo que necesitaba saber para su investigación: las rutinas del conselleiro y lo sucedido el día de los hechos.

— Buenos días, soy el inspector García, el responsable de la investigación de la muerte del Sr. Conselleiro. Necesito que me responda a algunas preguntas relacionadas con el día de su muerte y cuestiones relacionadas con su vida privada.

— Sobre su vida privada poco le puedo decir, yo solo hago la limpieza de su casa dos días a la semana (martes y viernes). Puedo asegurarle que en los dos años que llevo trabajando en ella debí coincidir con él no más de una docena de veces. Cuando llegaba para cumplir con mi trabajo, D. Mario ya llevaba una hora fuera de casa, por eso poco le podría contar de su vida.

Justo en aquel momento la mujer hizo una parada para beber un trago de agua de la botella que le había traido amablemente el policía que la acompañara. Necesitaba poner en orden sus ideas antes de continuar contando todo lo que sabía. Era consciente que, a pesar de no ser considerada sospechosa, el hecho de ser ella la que había encontrado el cadáver la ponía en el punto de mira de la investigación. No era culpable de nada, pero a la vez había sido la persona que había llegado al lugar del crimen después del asesino y la que había alertado a la policía. De los pensamientos en los que estaba sumergida la sacaron los golpes que sobre la mesa estaba dando el agente con su bolígrafo. Al percibir el rostro de impaciencia de su interlocutor regresó a su relato.

— Era un hombre que apenas hacía vida en casa, tenía por hábito desayunar, comer y cenar siempre fuera, lo sé porque en contadas ocasiones me encontré en el lavavajillas con alguna pieza dentro que no fuesen vasos o alguna taza de café. A casa solo iba a dormir según tengo entendido. Aunque era un hombre sin pareja, no tenía a ninguna otra persona no siendo a mí que se ocupase de la limpieza de su casa. La cama la hacía él mismo todos los días, menos los días que sabía que yo iba a hacerle la limpieza. Sé que los fines de semana iba a pasarlos con su madre a la casa familiar en el Deza porque no está bien de salud. Poco más le podría decir de su vida más allá de lo que se lee en los periódicos o en las informaciones de las televisiones. Sé que en esta cuestión no les voy a resultar de gran ayuda. Es todo lo que sé de su vida.

Después de agotar aquel primer eje de la investigación el inspector García adoptó un gesto de contrariedad. Convendría comenzar a tomar declaración de lo sucedido el día de autos. Ante la pregunta que le acaba de plantear la mujer comenzó con el relato de lo sucedido días antes.

— Respecto al día de su muerte me dan escalofríos cada vez que lo pienso. Era una mañana como otra cualquiera para mí. Cuando llegué a casa eran alrededor de las 9:00 como de costumbre, me sorprendió que las llaves estuviesen todavía en el recibidor. Pensé que D. Mario estaba todavía en casa o que no iría a la Consellería, aunque no escuché ningún ruido que delatase su presencia. Pensé que se habría quedado dormido o que simplemente las había olvidado, aunque como la puerta estaba cerrada, era poco probable que se hubiese trato de un olvido. ¿Cómo podría haber cerrado la puerta dejando las llaves dentro? Me fui directa a la cocina por si tenía que poner el lavavajillas, gesto que hacía de forma rutinaria, aunque los días que lo había puesto en los años que llevaba trabajando en aquella casa habían sido muy esporádicos. Como ya estaba en la cocina comencé a limpiar, después, como todos los días, escoba y fregona después de sacarle el polvo a los muebles.

— ¿Había encontrado usted algo que le llamase la atención en la cocina? - interrumpió el inspector un poco desesperado por el exceso de detalles banales que le estaban haciendo perder un tiempo maravilloso y que para la investigación carecían de importancia. Por el momento únicamente el detalle de las llaves había sido un dato relevante en toda aquella conversación.

— En la cocina no, pero, cuando me fui del salón me llamó la atención que sobre la mesa de cristal hubiese restos de pelo que parecían de mujer. No era habitual la presencia de mujeres en la casa de D. Mario, como no era cosa mía con quien se veía y con quien no, me limité a limpiarlos y seguir con mi trabajo.

Non le había dado más importancia que pensar que D. Mario había tenido visita la noche anterior. A pesar de sorprenderme que no hubiese más indicios de la visita que aquellos pelos, regresé a la cocina, y aunque cuando había abierto el lavavajillas parecía estar vacío, decidí volver a revisarlo no fuera a ser que hubiese alguna pieza metida en el fondo de los estantes. Efectivamente, al fondo del estante del lavavajillas había dos copas que parecían estar metidas al fondo para que nadie se percatase de su presencia. Como solo eran dos copas, las fregué en el vertedero y las dejé en el estante del mueble.

El inspector movió la cabeza con gesto de contrariedad mientras pensaba: "la diligencia y el bien hacer de aquella mujer acababa de dejarme sin posibilidades de obtener pruebas vitales para coger al asesino." De repente, pensando en la minuciosidad de la descripción de aquella mujer y de lo observadora que debía ser, preguntó buscando solucionar aquella situación que ya no tenía vuelta atrás.

– ¿No recordará si los vasos podían haber sido usados por dos hombres o si por alguno de ellos había bebido una mujer? Piénselo bien antes de responder.

– Poco tengo que pensar señor inspector. Como bien dice, por uno de los vasos había bebido un hombre, posiblemente D. Mario y por el otro, sin duda una mujer, puesto que en el borde del vaso había restos de barra de labios, no vea usted la guerra que me dió poder eliminarlos. Es lo que tiene el carmín, para mantener los labios todo el día con color suelen pegar de más en los vidrios. Yo tengo una hija adolescente y no vea usted las peleas que tengo con ella por las manchas que deja en los vasos y, sobre todo, con la ropa de la cama. Pero estas cosas mías no vienen al tema con el que estamos. Sí que había restos de carmín en una de las copas que lavé aquella mañana. Si eso era lo que quería saber.

Los ojos del inspector García brillaron con un gesto muy característico cuando desubría un dato importante para la investigación que estaba realizando en aquel momento. Se sumió en una serie de pensamientos provocados por la revelación que le acababa de hacer aquella mujer que hasta el momento no había hecho otra cosa que rellenar su tiempo con el placer de escucharse. Por desgracia para él estaba delante de una persona que disfrutaba escuchándose a sí misma.

Toda una sucesións de cuestiones empezaron a golpear en la mente del inspector como martillazos sobre una campana, repruduciendo campanada a campanada cada una de las preguntas.

"¡La noche de su muerte había recibido la visita de una mujer! ¿Sería ella la asesina? ¿Habría tenido la ayuda de alguien más? ¿Y si ella no había tenido nada que ver? ¿Alguien la habría visto salir de la casa del conselleiro?"

Esta huella aparecida en el cristal de la copa que ya solo era un recuerdo en la mente de aquella mujer sumada a los cabellos que encontrara en la mesa del salón y que había hecho desaparecer con la misma diligencia, hacían cada vez más sólida la hipótesis de que, durante la noche de su muerte, el conselleiro hubiese recibido la visita de una mujer.

— ¿Habría también restos de cabello en el cuerpo o en las sábanas de la habitación? - Si la respuesta a esta pregunta fuese afirmativa y recibía la confirmación de los informes de la científica y del forense, no solo demostraría que la mujer había estado allí con la víctima en el momento de su asesinato, sino que ella había tenido algo que ver con su muerte. Siempre existía la posibilidad que no fuese su pelo, sino que el de otra visita femenina que el conselleiro recibiera días después de que aquella mujer que tenía delante hiciera su trabajo semanal. Eran varios días los que pasaban entre un día de limpieza y el siguiente, incluso un fin de semana por medio.

Todas estas cuestiones seguían resonando en la mente del inspector cuando retornó de los pensamientos que lo habían invadido durante no más de unos segundos. Tiempo suficiente para perder el hilo de la conversación que estaba manteniendo con aquella mujer que cada vez se encontraba más cómoda y de la que podía seguir obteniendo información sobre el lugar del crimen. No podía olvidar que el interrogatorio debía continuar. La tranquilidad ganada por la interlocutora había provocado que no tuviese ningún problema para seguir hablando con él horas y horas. Esto era bueno, por un lado, pero por otro, motivaba que la mujer aportase mucha información inútil, para la investigación. "Es lo que tiene hablar sin control", pensaba mientras seguía escuchando a aquella mujer.

De repente, sintió la necesidad de hacer la pregunta que debería haber hecho antes de comenzar a interrogarla.

– Señora, por cierto, ¿cuál es su nombre? - Hizo la pregunta porque se había dado cuenta, después de más de una hora de interrogatorio, no se lo había preguntado. Había entrado tan concentrado en las perguntas que quería plantearle a la mujer que el consideraba vital para su investigación, que se había olvidado de las más mínimas normas de urbanidad. No era propio de él, pero aquel caso estaba afectándole de tal forma que se olvidaba de los formalismos que era necesario mantener entre personas civilizadas.

– Carmen, señor comisario.

– Comisario no, Carmen, inspector. Soy el inspector García - afirmó mientras esbozaba una pequeña sonrisa. Le agradecería que continuase con el relato de los hechos y que siga explicándome lo que sucedió en casa de la víctima.

– Como le estaba diciendo. Después de recoger en el salón me fuí a arreglar la habitación, siguiendo la rutina de todas las jornadas: cocina, salón, habitaciones, aspiradora y plancha. Mi mayor problema es que soy una persona de rutinas y cuando alguien me las rompe ya no sé que hacer.

– No es ese el mayor de sus defectos- pensó mientras se disponía a continuar con su interrogatorio.

– ¿Que sucedió cuando entró en la habitación? - preguntó ya cansado de las vueltas que estaba dando la mujer a su historia. Parecía que deseaba seguir con aquel mal vicio de sentirse escuchada. Le encantaba sentirse el centro de atención como lo estaba siendo. Cuando alguien entraba en aquella sala lo hacía como sospechoso y costaba carros y carretas sacarle la información, en este caso al tratarse de una testigo la situación era totalmente distinta.

– Le había tocado una mujer con ganas de hablar mucho para decir muy poco - pensó contrariado mientras ella regresaba de nuevo a la historia.

– Como le estaba contando. Cuando llegué a la habitación.... - su voz comenzó a desquebrajarse, y la mujer que parecía estar en la gloria contando su historia estaban empezando a no estarlo, a venirse a bajo, a perder toda la seguridad que la había caracterizado hasta ese momento. Tomó aire, con los ojos a punto de explotar por las lágrimas, continuó con su relato entre pequeños suspiros que entrecortaban su discurso.

– Cuando entré en la habitación, vi a D. Mario todavía en la cama. Pensé en un primer momento que se había quedado dormido y no se había despertado a su hora. Era raro que no lo hubiese despertado nadie de su gabinete al ver que no había llegado a su despacho. "Unos por otros la casa sin barrer", pensé.... - de repente, interrumpió de nuevo su relato. No parecía ser capaz de seguir.

– ¿Puedo beber un poco de agua? Tengo la garganta que me arde, no puedo seguir - afirmó mientras rompía a llorar.

La primera imagen que había tenido el inspector García de la mujer al verla en el escenario del crimen estaba empezando a reproducirse de nuevo. Aunque hasta el momento había dado la sensación de encontrarse muy cómoda con el interrogatorio era todo un mecanismo de autodefensa; el modo de quitarle importancia a todo lo que acababa de vivir hacía unos días. Le hizo un gesto para que se tranquilizase y bebiese un trago de agua. Con la mirada intentó tranquilizarla haciéndole ver que disponía de todo el tiempo del mundo. Realmente parecía totalmente superada por los acontecimientos. Comprensible teniendo en cuenta lo que acababa de vivir.

Intentando ser lo más amable posible le dijo:

- No se preocupe, Carmen, ahora beba y tómese todo el tiempo que necesite para tranquilizarse. Si usted lo desea podemos dejar el resto de la conversación para otro momento, así usted puede volver otro día más tranquila. Aunque aquella forma de proceder de la policía no era el procedimiento habitual, la amabilidad que se traslucía a través de sus palabras causó el efecto deseado en su interlocutora tal y como pudo comprobar con el cambio que estaba experimentando su rostro. Comprendía perfectamente, después de tantos años de interrogatorios y de enfrentarse con todo tipo de situaciones, lo mal que lo estaba pasando aquella pobre mujer que se había visto envuelta, sin ella desearlo, en tal situación.

- Habría que preservar su anonimato ante la prensa. Ya tenía bastante con lo que acababa de pasar como para convertirse en la víctima del acoso de los medios - pensó sin dejar de mirar aquella pobre mujer víctima de las circunstancias.

Estaba pensando en todo esto, cuando se abrió la puerta de la sala de interrogatorios y entró una inspectora de uniforme con el agua que le había pedido, ya que el agua que le habían traído a su llegada la había acabado ya.

Carme bebió lentamente hasta acabar con todo el líquido que contenía aquel vaso. Mientras lo hacía, parecía que su rostro volvía a tener el aspecto sereno del principio y adquiría la seguridad necesaria para seguir con los hechos que estaba relatando.

- Después de pasar un tiempo sin que diera señales de vida decidí despertar a D. Mario. Lo que menos pensé cuando me acercaba a él, era con todo lo que me iba a encontrar. Lo primero que me sorprendió fue la forma en la que se encontraba su cuerpo: dormido boca abajo, en una posición que no parecía muy cómoda. Como nunca lo había encontrado dormido, no sabía cómo lo hacía. Por eso, aunque me sorprendió, no le di importancia. A medida que me acercaba, el pánico se fue apoderando de mí. No solo estaba acostado en aquella posición tan extraña, sino que me pareció no oírlo respirar. No solo eso, la posición en la que se encontraba no era para nada como pensaba encontrarlo. A medida que me fui acercando pude comprobar que a pesar de la posición D. Mario no movía ni un solo músculo. Todo lo que estaba observando me parecía muy extraño. Comenzó a invadirme una gran intranquilidad. Pero, lo más espeluznante estaba todavía por llegar…

Tuvo que volver a detener su relato, la voz se le quebraba, las lágrimas brotaban en sus ojos con más fuerza que antes. No lo estaba pasando nada bien, tal y como manifestaba la expresión de su rostro. Después de tranquilizarse un poco consiguió seguir con su relato.

- Cuando me acerqué más vi toda aquella sangre goteando por el lateral de su cama. Aquella imagen no se me borrará jamás por muchos años que Dios me deje en este mundo. Comencé a gritar y salí corriendo hacia el pasillo dónde estaba el teléfono de la casa y llamé a la policía. Cada vez que lo pienso, no sé qué impulso interior me hizo sacar fuerzas de donde no las había y no caer allí mismo, redonda. Ya puede usted imaginar cómo podía estar.

En ese momento rompió a llorar. Ya no fue capaz de volver a articular palabra. El inspector pensó que lo mejor era dar por finalizado el interrogatorio. Poco más le podría aportar a la investigación. Como no estaba en condiciones de irse a su casa decidió solicitar los servicios de apoyo con los que contaba la policía. Salió en busca de la agente que le había traído el vaso de agua para que se pusiera en contacto con los servicios de atención psicológica a las víctimas y enviasen una psicóloga. Mientras no llegaba dejó a la agente, que ya había regresado de hacer la gestión que le había pedido, con ella. Pensaba que con una mujer se sentiría mucho más cómoda que con él.

El inspector las dejó después de despedirse y se dirigió hacia su despacho para continuar con su trabajo. Cuando llevaba una media hora trabajando, vio pasar por delante de su puerta a la psicóloga que había sido enviada para aliviar la tensión en la que se encontraba Carmen. Pensó que había acertado al irse y dejar a su compañera esperando a aquella mujer que acababa de pasar. Su partida permitiría no seguir profundizando en la herida abierta en aquella mujer que el único crimen que había cometido era ir a su trabajo para ganarse la vida de la misma forma que hacía él con el suyo. No eran tan diferentes: simplemente dos peones en las manos del destino al que no se le podía marcar el ritmo.

Estaba sumergido en esos pensamientos cuando la joven rubia que le había traído el expediente del conselleiro volvía a entrar por la puerta. No se percató de su presencia hasta que lo embriagó su perfume de Chanel y vió aquellos brazos medio desnudos que le acercaban un mazo de papeles recién salidos del fax.

- García aquí tiene el expediente que esperaba de México. Le espera otra noche entre papeles le dijo con la sonrisa más amplia y luminosa que jamás había visto. Tal era su luminosidad que acabaría cegándolo si no apartaba la mirada de ella.

El inspector, que estaba como un atontado viendo para aquella Venus que acababa de entrar en su despacho, no fue capaz de articular palabra. Una voz interior le decía que era el momento de invitarla a café. Le frenó la situación que estaba viviendo con su mujer. "Lo que me faltaba ahora era que alguien pudiese llevar el cuento que estaba cortejando a aquella joven." Estos pensamientos lo frenaron en sus intenciones iniciales. Lo único que se limitó a decir fue:

- Sí.

Por fin había llegado la información que tanto estaba esperando, la que podía abrir un camino importante en su investigación. Más que una certeza era un deseo. Hasta el momento no había conseguido avanzar en sus investigaciones. En poco tiempo su superior comenzaría a ponerse nervioso y la opinión pública reclamaría resultados.

Después de leer poco a poco aquel montón de

papeles, se percató que describían minuciosamente una investigación hecha a conciencia pero que no había dado resultado. Ya le había adelantado da Silva que no había sido capaz de dar con el asesino. A pesar de eso, el inspector García no creía en el crimen perfecto, sí en una investigación que había dejado algún cabo suelto. Era lo que sucedía siempre, alguien pasaba por alto un detalle importante o llegaba simplemente a un callejón sin salida. Lo que al final sucedía era que otro caso posterior permitía encajar la pieza o tirar del hilo suelto en la madeja y hacía tambalearse el crimen perfecto. El inspector García tenía la sensación de que el crimen del Conselleiro de Industria iba a ser la clave que solucionase el caso que en ese momento tenía sobre su mesa.

Cando terminó su trabajo de escrutinio de los papeles que habían llegado del otro lado del Atlántico, decidió anotar en su cuaderno de piel negra las conclusiones del análisis forense. En el fondo de su mente, era consciente de que los dos crímenes habían sido obra de la misma persona, o para ser más precisos de la misma mujer. Todo lo que acababa de leer en aquel análisis forense coincidiría días después con las conclusiones del análisis realizado al cuerpo del conselleiro de Industria y de lo que él mismo había visto en la escena del crimen.

Aunque por el momento no lo sabía, al día siguiente lo confirmaría al recibir el informe enviado desde el Anatómico realizado por su viejo amigo de acuerdo con su petición de que él personalmente analizase el cuerpo. Cuando los tuviese en su poder y después de cotejarlos, se daría cuenta de que los dos informes parecían uno. Las informaciones recogidas en aquellos papeles con las conclusiones derivadas del análisis del cuerpo del Conselleiro de Industria serían exactamente iguales. Pero todo esto sería adelantarse a los acontecimientos, no es momento de hacerlo.

El inspector García comenzó a anotar con parsimona los aspectos más destacados de aquel análisis realizado a la víctima del crimen mexicano.

> - **Somnífero en la bebida para poder llevarlo a su habitación sin ninguna oposición.**
> - **La dosis era muy pequeña para que el efecto durase poco y únicamente con la finalidad de permitir el traslado de la víctima a su habitación.**
> - **La mutilación de los genitales comenzó en vida, pero finalizó con la víctima ya muerta como demostraba el estado en que había sido encontrado el cuerpo.**
> - **La muerte había sido causada por la bala sin orificio de salida.**
> - **La pistola empleada era un arma del calibre 38 +P, empleada en pequeños revólveres de defensa**

personal (el tipo de arma hace
pensar que quién la disparó
fue una mujer o una persona
que no era profesional del
crimen)
-    Las heridas en los
genitales y las amputaciones
fueron causadas por una
cuchilla de afeitar (puede
encontrarse en cualquier
tienda de venta de productos
de peluquería, no es un hilo
del que tirar)

8

Joaquín era de los tres nuevos amigos de Antía el más mayor, y el que parecía llevar en todo momento las riendas del minúsculo grupo que los cuatro conformaban. Tenía 19 años, aunque por su aspecto parecía tener cuando menos dos o tres más. Era un joven alto, de buen ver, rubio con los ojos azules como el mar que tanto le gustaba a Antía. En palabras de la joven era el sueño de cualquier chica sin mundo con una juventud recién estrenada en aquellos meses previos del verano.

Un atractivo añadido del chaval era el hecho de ser hijo de un emigrante. Sus padres se habían quedado en América y él había cruzado el Atlántico solo. Este hecho lo hacía todavía más atractivo a los ojos de Antía. "Era todo un héroe a mi alcance" - pensaba cada vez que se sentaba a su lado.

Acababa de volar como hacen los pájaros por encima de nuestras cabezas. Tenía el atractivo de haber experimentado una de las sensaciones más deseadas por Antía: subir a un avión. Siempre había soñado con volar de un continente a otro en viajes transoceánicas.

Antía podría pasar todas las tardes a su lado escuchando lo que le contaba de su México natal. Le hablaba de los tesoros de los aztecas que había visto en un museo durante una de las muchas excursiones escolares que habían hecho con su profesor de Historia mexicana. Joaquín era un apasionado de la arqueología y a Antía le emocionaba escucharlo hablar de culturas que habían desaparecido hacía muchos años. Imaginaba cómo habrían vivido los hombres en aquella época, cómo habían muerto de forma tan cruel a manos de sus conquistadores.

Joaquín era para Antía todo lo que ella había soñado. De niña deseaba poder viajar por todo el mundo conociendo nuevos lugares y nuevas culturas. Recorrer la tierra desde el Himalaya hasta el Machu Pichu. Hablar docenas de idiomas, poder entrar en los templos del Nepal que había oído hablar por primera vez en la escuela. "¡Pensar que acabaría siendo una especialista en sumas o en fórmulas, con lo asépticas y frías que les resultaban cuando era pequeña!"

Mario era un joven menudo, moreno de pelo, de complexión fuerte y robusta. En su rostro destacaba la nariz de águila. Cuando estaba sentado con su culo apoyado en el respaldo de los bancos de la Alameda vieja, parecía la milenaria reina de las aves rapaces esperando emprender el vuelo tras la primera paloma indefensa que pasase ante sus garras. La Alameda, aquella cuadrícula llena de robles milenarios de troncos regios y muy fuertes, con las ramas que se elevaban majestuosamente sobre ella tratando de cubrirla, acariciándolas protectoramente, creando un espacio cerrado. El centro de todo aquel paisaje era una vieja fuente que presidía majestuosa frente al Ayuntamiento, muy de estilo neoclásico.

Mario era un joven callado. De palabras escasas durante todo el día. Disfrutaba mucho pasando las horas en silencio, sin decir nada, mirando al mar. Vivía sumergido en el "misterioso y enigmático mar", como él mismo solía decir. Era un joven que pasaba totalmente desapercibido en los lugares en los que estaba. Su carácter enigmático y hermético era lo que más atraía Antía. A veces la joven se proponía tenazmente ser ella la encargada de abrir los siete cerrojos de su personalidad, para conseguir adentrarse en sus secretos más ocultos. Ese sería el reto del verano que había comenzado hacía pocos días. Tenía la certeza de poder conseguirlo porque a terca no había quien le ganara, era Tauro y ejercía como tal. Lo sabían perfectamente todos los que la rodeaban.

Mucho le había llamado la atención el hecho de que después de una hora con los chicos, todavía no había sido capaz de conocerle la voz. Su mirada era un poco triste, parecida a la de un perrillo que se siente abandonado. Sus padres se estaban separando aquel mismo verano. Él había venido a San Martiño después de haber pasado los dos últimos veranos por otros lugares de Galicia.

No obstante, aquel verano era diferente, aquella salida de casa tenía como objetivo huir de lo que se había vivido en ella en los últimos meses, así no viviría de cerca la separación de sus padres. Esta situación, lo tenía muy afectado ya que la separación de sus progenitores estaba siendo una batalla muy dura de la que ambos quisieron alejarlo para no lastimarlo más de lo que habían hecho en los últimos años de peleas y situaciones tensas que si habían vivido de forma cotidiana en la casa familiar.

Él era la pieza más codiciada de la lucha y esto para él era muy duro. La relación con su padre, empresario del mundo del transporte, en los últimos años no había sido buena. Su progenitor, con la disculpa de atender sus negocios, aparecía cada vez menos por casa. Su hijo, el niño que tanto lo había idolatrado durante su niñez, ahora joven lo odiaba cada día más. No le perdonaba todo lo que les estaba haciendo a él y a su madre. Todo el mundo sabía que su familia había pasado *para él a un segundo plano. Tenía otra mujer, otra familia, un nuevo hijo. Todo esto había ido encerrando a Mario cada vez más en su propio mundo.*

Culpaba a su padre de la depresión constante en la que se encontraba su madre. Aquella hermosa mujer, que embrujara a todos con su hermosura estaba al borde de la locura. Él se sentía culpable por no poder salvarla. A pesar del odio que sentía hacia su padre, también culpaba a su madre por no haber sabido mantener unida a la familia; por no haber luchado por mantener a su padre a su lado. Pero a quien más odiaba, era a la mujer que le había robado a su progenitor. Aquel odio que sentía hacia la amante de su padre no era solo hacia ella, lo había trasladado a todas las mujeres en los últimos meses.

Antía, que era una joven muy sensible, percibía la existencia de una barrera entre los dos, un muro difícil de derribar que no le daba buenas vibraciones. Aunque pensaba que se trataba del mal momento por el que estaba pasando y que con el tiempo lo superaría. Lo que no sabía era que ese odio crecía cada día más en su interior, aunque trataba de no exteriorizarlo delante de sus nuevos amigos y sobre todo delante de Antía.

Este vivir en soledad había marcado mucho su forma de ser desde hacía unos años. Él que había sido el niño más feliz durante su infancia, ahora, cuando su mundo de felicidad se destruía, se había convertido en un joven callado, triste…

A pesar de ser una persona muy callada, su personalidad era tan fuerte que era capaz de mover los hilos del grupo con sus pocas palabras. "¡Y pensar que tenía aspecto de mosquita muerta!" Su personalidad resultaba desconcertante, pero a la vez hechizante. Antía sabía que con el tiempo llegaría a ser un hombre que triunfaría en la vida. Era una personalidad que había sido forjada para el éxito.

El último miembro del grupo era Luis. Un joven ni alto ni bajo, ni gordo ni flaco, como acostumbraba a decir, un adolescente con todo puesto en su sitio. De los tres era el que más se parecía por su forma de ser a Antía.

Era de un pequeño pueblo del norte gallego. Luis tenía el alma soñadora como acostumbran a tener los chavales de tierra adentro. Tenía un aire pícaro. Era de aquellos que cuando les das la espalda ya te la están liando de alguna forma.

Su mayor ilusión era ser estrella del fútbol. De hecho, al finalizar el verano, realizaría una prueba para intentar fichar por un equipo de Primera División. Todos pensaban que se trataba de una bravuconada de Luis, que no había nada de cierto, que eso era una forma de darse importancia dentro del grupo. La verdad, con el balón en los pies no era malo, de hecho, jugaba en el equipo de su localidad.

Si por él fuera estaría todos los días de fiesta. Era de los que se imponían siempre. "¡Resultaba significativo el mal perder que tenía el condenado!" Hablaba sin ningún tipo de cautela, sin tener en cuenta lo que salía por su boca. Lo que decía, más de una vez, iba encaminado a ridiculizar o a herir a la víctima que en aquel momento se había convertido en el centro de sus ataques.

Esta actitud de Luis enojaba mucho a Antía. Ella que era todo corazón, quién se ponía siempre del lado de la víctima que él había escogido. Pero sabía que, bajo ese disfraz de sátiro de los bosques, dejaba entrever de vez en cuando un tierno corazón de niño de pequeña villa gallega.

Luis era como Antía, así era visto por la joven, un niño con sus raíces bien ancladas en la madre tierra. Precisamente su origen les hacía tener muchas cosas en común, a pesar de ser tan diferentes. Los dos escuchaban como bobalicones las historias de sus otros dos compañeros de aventuras, tenían mucho más mundo que ellos y trataban de explotarlo para ser siempre el centro de atención y ganarse los favores Antía.

Ella se sentía como una diosa disputada por los tres jóvenes. En el fondo le gustaba esta situación. Lo que no sabía era que este juego acabaría marcando de forma definitiva su vida en un futuro no muy lejano. Aunque para ella aquellos días eran de felicidad y de vacaciones con sus nuevos amigos, la realidad no estaba lejos de ponerlo todo patas arriba.

IX

En el momento que llegó a sus manos el fajo de papeles enrollados, todavía calientes del fax, pensó que era allí dónde podría encontrar algo que relacionase a estos dos personajes destacados de la vida pública de un lado y otro del océano. En su mente golpeaba un único pensamiento:

- ¿Por qué habrá muerto un empresario famoso en México, de origen gallego y no ha tenido ningún tipo de repercusión en los medios de aquí? ¿Quién habrá sido el encargado de conseguir el silencio de los medios? ¿Por qué lo haría? ¿Tendría algo que ver con su caso o era simplemente fruto de la casualidad?

Sin esperar más volvió a desenrollar aquel ovillo que eran los papeles del expediente de Joaquín Pérez. La descripción de los hechos que estaba leyendo no diferenciaban a Joaquín de cualquier hijo de emigrantes gallegos por aquellas tierras.

Había estudiado en la Universidad de México D.F. Desde muy pequeño estaba predestinado a heredar los negocios hosteleros que su padre tenía en las costas mexicanas. La herencia que había recibido de su progenitor la había hecho crecer hasta convertirse en uno de los hombres más influyentes del país. De él se decía en el expediente que era amigo personal del Presidente del gobierno mexicano y que su muerte había conmocionado a todo el país.

Su cadáver había aparecido en su quinta de la ciudad de Celaya. El cuerpo había sido encontrado mutilado, con amputación de sus órganos genitales una vez muerto. La muerte no había sido causada por la amputación, sino que por un disparo con orificio de entrada, sin orificio de salida realizado con un arma del calibre 38 Especial +P. El cuerpo no presentaba más señales de violencia. Su casa no había sido forzada. Todo esto hacía sospechar que el asesino había entrado con consentimiento de la víctima.

La versión oficial de la muerte, después de muchas presiones de la familia y del propio Presidente del gobierno había sido la de muerte accidental por arma de fuego mientras la limpiaba la propia víctima. El ataque al corazón era una solución muy recurrente, pero en este caso podría resultar comprometedora, el orificio de bala no hacía viable esta posibilidad. La honorabilidad de la familia quedaría a salvo, se evitaría que el escándalo de la muerte de uno de los amigos del círculo íntimo del Presidente pudiese salpicarlo políticamente. Sobre todo, si se llegaba a dar toda la información referida a cómo había sido encontrado el cadáver. Dada la inseguridad que se vivía en el país, ese tipo de informaciones no harían más que aumentar la psicosis entre los mexicanos, más aún cuando se trataba de una persona de tanta relevancia social.

Quizás el hecho de que la versión oficial hubiese sido muerte por accidente mientras limpiaba un arma de fuego habría hecho que los periódicos y los medios de comunicación gallegos no le diesen publicidad a la noticia. No obstante, consultaría las hemerotecas por si había habido alguna información al respecto, aunque solo fuese la mención de su fallecimiento.

De inmediato dio orden de que se hiciesen las oportunas investigaciones sobre el tratamiento de esta noticia en Galicia. Tenía la sospecha de que alguien importante había estado interesado en que no se supiese nada de esa muerte. Esta sospecha se confirmaría pasados algunos días. Él mismo descubriría que aquella intuición que comenzara a fluir por su mente cobraría forma y abriría una pequeña luz que iluminase la relación entre las dos víctimas. Había sido el propio Conselleiro de Industria el que silenciara la muerte de su amigo en los medios de comunicación.

Del resto del expediente solo sacó en limpio que había estado en una ocasión en Galicia. Pero esto para él no era una novedad ya que se lo había adelantado el propio da Silva. había sido en el verano del 75. ¿Dónde estaría en aquellas fechas el conselleiro?

Antes de continuar con las investigaciones relacionadas con el verano del 75 y el lugar donde había estado el conselleiro aquel verano, debía hacer una visita a su Jefe de Gabinete para seguir atando los cabos que todavía estaban sueltos.

***

Desde su nombramiento, el Conselleiro de Industria siempre había tenido a su lado a Antón González. El era el encargado de las relaciones con la prensa; hombre curtido ya en cien mil batallas y acostumbrado a bregar con ellos.

 El inspector García iba sumido en sus pensamientos mientras recorría las calles de la zona del ensanche para llegar hasta donde estaban los edificios de la Xunta en San Caetano.

Cuando llegó a la entrada del bloque de edificios que conformaban el conglomerado administrativo del gobierno autonómico, comenzó su viaje por cada uno de los controles. Por cuestiones de seguridad su placa no lo iba a librar de todas estas rutinas. Además, su arma no podría pasearse con él por las dependencias administrativas, tendría que quedarse bajo la custodia del personal de la Policía Autonómica que se encargaba de la seguridad del edificio.

Cuando por fin llegó al bloque que ocupada la Consellería de Industria se sorprendió de que ya no fuese necesario pasar un nuevo control. Él no lo sabía, pero los agentes con los que se había encontrado en el control anterior anunciaran su presencia para facilitarle el trabajo y evitarle volverá a pasar por todo el ritual necesario para poder acceder a las dependencias de la administración.

Cuando preguntó por el despacho del Jefe de Gabinete, una de las muchachas que estaba en el mostrador de atención al usuario que se encontraba en la entrada indicó que eran el segundo piso justo al lado del despacho del conselleiro.

Cuando llegó a la zona de despachos del segundo piso, observó que la decoración de esa parte del edificio no tenía nada que ver con el resto, tenía más apariencia de zona noble que de oficinas de la administración. Aquella parte del complejo era en la que el conselleiro recibía sus visitas institucionales y en donde trabajaba la gente más próxima a él.

Cuando se disponía a llamar a la puerta presidida por una placa que ponía Jefe de Gabinete, una voz femenina frenó su gesto con voz enérgica y contundente.

\- ¿Quién es usted? ¿A dónde cree que va?

Tras aquella voz tajante había una joven que no aparentaba tener el carácter que su actitud revelaba. Pero que lo observaba con gesto contrariado.

Armado de paciencia el inspector García le replicó con la mejor de sus sonrisas, conteniendo el malestar que le había provocado la actitud soberbia de aquella joven que parecía que no hacía mucho que había acabado su carrera. "Posiblemente ocuparía aquel puesto como forma de pago de favores a su progenitor o alguno de los hombres fuertes del partido" - pensó mientras contenía las ganas de poner en su lugar a aquella jovencita a la que su puesto le daba tanta prepotencia.

- Buenos días - dejó caer arrastrando cada una de sus palabras con un tono irónico, para ver si aquella jovencita se percataba de su mala educación y tomaba nota para situaciones posteriores.

- Soy el inspector García, estoy a cargo de la investigación por la muerte del Conselleiro de Industria. Venía a hablar con su Jefe de Gabinete.

- ¿ Tiene usted cita?

- ¿Cree usted que necesito concertar una cita? - replicó muy enojado porque se estaba pasando de lista. Aquella situación estaba empezando a acabarle con la poca paciencia que le quedaba. Poniendo cara de pocos amigos continuó con su explicación.

- Estoy en plena investigación de lo acontecido con la muerte de su jefe en esta Consellería, como comprenderá no tengo tiempo para esperar a que me conceda una cita la persona con la que vengo a hablar. Espero que sea usted capaz de comprender lo extraordinario de la situación para no tener que seguir los procedimientos habituales. Así que, si a usted no le importa, indíqueme dónde está don Antón, que tengo mucha prisa.

La rotundidad de las palabras del inspector había provocado que la cara de la joven cambiarse su gesto, pasando de la prepotencia de la que había hecho gala a la amabilidad con la que respondía ahora. Rápidamente se dirigió a su mesa para coger el teléfono que reposaba en ella y anunciar la llegada del agente.

- Puede usted pasar. El Sr. González está esperándole en su despacho.

Después de golpear suavemente con los nudillos sobre la madera de aquella puerta que lo separaba de su interlocutor, esperó a escuchar la invitación para poder entrar. Una vez recibida la invitación para hacer su entrada, y después de abrir la puerta, se encontró con el despacho al que había intentado acceder unos minutos antes de ser abordado por aquella jovencita "tan agradable".

El lugar estaba adornado con mucho gusto y con un dispendio económico que parecía excesivo para el despacho de un Jefe de Gabinete. Pero tampoco podía olvidar que una de las características del actual gobierno era la de no escatimar en gastos, sobre todo, cuanto menos importante era el cargo mayor era el gasto para preparar su lugar de trabajo. Muchos pensaban que este tipo de actitudes eran para demostrar a los demás el poder que realmente no tenían.

Al fondo del despacho, justo delante de una inmensa vidriera agazapada detrás de unas gruesas cortinas, estaba un hombre de pie mirando hacia fuera.

- Buenos días, inspector García.

Se giró aquel hombre alto y delgado, que debería tener aproximadamente unos 55 años, haciendo el gesto de estirar la mano para acercarla a la que previamente le había ofrecido el inspector García.

- Vengo a hablar con usted sobre el fallecido.

- Usted dirá. Aunque no sé en qué puedo ayudarle. Estoy a su disposición para lo que usted considere oportuno.

Como ya supondrá, no estoy pasando por un buen momento pero, por la memoria de mi amigo, tengo que sobreponerme a este golpe y seguir adelante. En lo que pueda ayudarle cuente conmigo.

- Gracias por su colaboración. ¿Observó algo extraño en los últimos días en la actitud del conselleiro?

- No. Su comportamiento no fue para nada extraño. Seguimos las rutinas de todos los días. Despaché con él el día anterior a su muerte. Habíamos quedado para el día siguiente a primera hora, como solíamos hacer todos los días de la semana. Estábamos preparando su rueda de prensa conjunta con el Director Xeral de Infraestruturas para anunciar la construcción de los nuevos tramos del AVE. Cuando se marchó no me comunicó ningún cambio en su agenda del día siguiente. Además, puedo decirle que no percibí en él nada que me llamase la atención. Estaba como siempre. No había nada que le preocupase o si lo había, fue capaz de disimularlo muy bien para que se me pasara desapercibido. Llevamos muchos años juntos, lo conocía suficientemente como para saber cuándo las cosas no iban bien. No olvide que llevo colaborando con él desde hace más de 15 años.

- Lo único desconcertante fue lo que sucedió la madrugada de su muerte.

- ¿Qué fue lo que sucedió?

- Como ya le dije, durante todo el día estuvo dentro de la normalidad. Pero la noche de su muerte, sucedió algo que no se correspondía con su forma de actuar. Me refiero a

134

lo que sucedió concretamente a las cuatro menos diez de la madrugada. A esa hora recibí un mensaje de Mario en el que me informaba que al día siguiente no pasaría por la Consellería.

- ¿Qué fue lo sorprendente? ¿Quizás la hora en la que fue enviado el mensaje? - preguntó el inspector García solicitando una aclaración mayor de aquel hecho que tanto había sorprendido al Jefe de Gabinete.

- Mario nunca me comunica estos cambios de última hora con un mensaje. Él no tenía ningún problema para llamarme a cualquier hora del día sin preocuparse de lo que estuviese haciendo en ese momento. La hora para él no era importante, por eso no se preocupaba de ella cuando me informaba de lo que iba a hacer al día siguiente.

De aquelas palabras del Jefe de Gabinete se desprendía que el mensaje no había sido enviado por el conselleiro, con toda seguridad había sido enviado por el asesino. A esa hora ya debería estar muerta la víctima si las primeras observaciones del forense en el lugar del crimen estaban en lo correcto.

Despúes de despedirse del Jefe de Gabinete y recuperar su pistola, llamó rápidamente a la oficina para que enviasen al laboratorio el móvil de la víctima para buscar huellas dactilares del asesino. Si éste no había tomado precauciones posiblemente seguirían allí sus huellas.

Cuando llegó nuevamente a su despacho, ya tenía sobre su mesa el informe forense del cadáver del Conselleiro de Industria. En el fondo de su espíritu, tenía muy claro que iba a coincidir con el que había leído días antes. Después de confirmar lo que era una sospecha, ya no tendría que hacer las mismas anotaciones que había hecho antes en su libreta negra. Lo único que hizo fue limitarse a cotejarlos para confirmar lo que ya tenía anotado.

- **Somnífero en la bebida para poder llevarlo a su habitación sin ninguna oposición.**
- **La dosis era muy pequeña para que el efecto durase poco y únicamente con la finalidad de permitir el traslado de la victima a su habitación.**
- **La mutilación de los genitales comenzó en vida, pero finalizó con la víctima ya muerta como demostraba el estado en que había sido encontrado el cuerpo.**
- **La muerte había sido causada por la bala sin orificio de salida.**
- **La pistola empleada era un arma del calibre 38 +P, empleada en pequeños revólveres de defensa personal (el tipo de arma hace pensar que quién la disparó fue una**

mujer o una persona que no era profesional del crimen)

- Las heridas en los genitales y las amputaciones fueron causadas por una cuchilla de afeitar (puede encontrarse en cualquier tienda de venta de productos de peluquería, no es un hilo del que tirar)

X

Hecha pública la muerte del conselleiro y enterrado su cadáver, era el momento de hacer una visita a su familia. En la vida pública del conselleiro no había encontrado nada; era necesario hurgar en su vida privada para hallar lo que no había aparecido en la pública. Estaba convencido que era precisamente en ella dónde estaba la clave de su muerte. Había una fecha que le golpeaba sistemáticamente en su mente: verano del 75. "¿Dónde habría estado aquel año el adolescente llegaría a Conselleiro de Industria y moriría en aquellas circunstancias?"

Para investigar la infancia del conselleiro no le quedaba más remedio que trasladarse a las tierras del Deza, de donde era originario. Había nacido en el ayuntamiento de Silleda en una familia muy vinculada al mundo del transporte. Su padre era el propietario de la empresa Autobuses do Deza. Negocio que él había heredado después de la muerte de su padre.

No era muy aficionado a viajar, pero con la nueva

autopista que unía la capital con las tierras del Deza, en cosa de media hora estaría en las tierras del interior de Galicia. Fusionarse con la naturaleza de la que tanto huía. Odiaba aquel olor a excremento animal y estiércol que llenaba los campos gallegos durante aquellas fechas. Tendría que hacer un esfuerzo y no dar la vuelta en la primera área de servicio con la que se encontrase en su camino. Iba a tener el privilegio de recorrer la autopista de peaje más cara de Europa o eso era lo que destacaran los medios de comunicación en el momento de su inauguración.

El viaje fue de lo más entretenido: el mal peralte de la autopista la hacía una de las más peligrosas de Galicia. En los kilómetros que separaban Compostela del Deza se encontró con media docena de accidentes. "¡Cuánto adoro pasear por Galicia!", pensaba cada vez que veía la valla publicitaria de la autopista.

Llegó a la casa familiar de la víctima a media mañana. Allí lo esperaban la afligida madre y una prima. El conselleiro era hijo único. Su madre aún no había sido capaz de sobreponerse a la pérdida de su hijo, su rostro reflejaba el dolor que llevaba a sus espaldas y que sería difícil de superar. La muerte del fruto de su cuerpo había sido el golpe más duro de su vida después de la dramática separación de su marido, quién había sido su único amor y que acaba dejándola por una más joven después de tantos años de convivencia. Aquella traición era algo que no le perdonaría jamás. No obstante, las mujeres gallegas están acostumbradas a soportarlo todo y a recibir a las visitas con la mayor dignidad del mundo.

- Ya me comentaron que iba a venir usted a hablar conmigo de mi hijo. Lo único que puedo decirle es que era una persona maravillosa. Nunca le hizo daño a nadie. Todavía lo recuerdo de niño corriendo por los caminos con sus amigos, jugando en el río… Nunca le ha causado mal a nadie, ya ve usted. Ha muerto tan joven.

Sus ojos se llenaron de lágrimas y ya no fue capaz de seguir hablando.

El agente, consciente de lo mal que lo estaba pasando la pobre anciana, se limitó a hacer un gesto a su sobrina para trasladarle su solidaridad en aquellos momentos tan duros y para que se alejasen un momento de su tía. Quería hablar un rato con ella y así dejar a la pobre mujer con su dolor. Cuando la tuvo a su lado le preguntó:

- ¿Podría enseñarme la habitación de su primo? Necesito ver si encuentro en ella algo que me pueda ayudar en la investigación.

La joven lo acompañó por la casa hasta una habitación del piso superior. Mientras abría la puerta, le comentó con la voz entrecortada por la emoción:

- Esta es la habitación de mi primo. Está exactamente como él la dejó el último día que vino a visitarnos. No creo que encuentre nada. Solo hay cosas personales, todo lo oficial está en su despacho de la Consellería. Aquí venía a descansar, nunca traía trabajo. En la habitación de enfrente está su despacho, había sido de su padre, pero él no lo utilizó nunca. Este era su lugar para desconectar de su trabajo. Para él era muy importante separar su trabajo de su vida familiar. Si quiere algo de mí estoy abajo con mi tía.

Aquellas últimas palabras que hacían referencia a la separación de su vida laboral de la personal lo llevaron por un instante a pensar en su propia situación personal. Él nunca había sido capaz de separar ambas: la profesional en más de una ocasión había estado a punto de acabar con la personal. Quizá debería haber aprendido de hombres como el conselleiro y delimitar perfectamente los dos espacios dedicándole a su familia todo el tiempo que se merecían. Sumido en estos pensamientos entró en aquella habitación intentando encontrar alguna relación entre las dos muertes que lo habían llevado allí.

- Cuando acabe aquí, bajo. Quiero hacerle algunas preguntas a su tía cuando esté más tranquila - se giró mientras entraba, buscando la mirada de asentimiento de aquella mujer.

Sin saber lo que estaba buscando, comenzó a revolver en los cajones buscando un papel o algo que le proporcionase un hilo del que poder tirar. En los cajones no encontró nada que llamase su atención. Solo recuerdos de una vida. No parecía haber nada de interés más que retazos de una historia que alguien trataría de reconstruir cuando el tiempo comenzase a cicatrizar las heridas abiertas en aquella familia. Aquel hombre pasaría a engrosar la lista de muertos con fama suficiente como para merecer el interés del gran público. "Que alguien se decida a desgranar su historia es cuestión de tiempo." Cuando acabó de revolver en los últimos cajones de la mesa del escritorio, decidió que la visita a aquel lugar tan íntimo ya había llegado a su fin. En el momento que se disponía a salir de la habitación su mirada se cruzó con la puerta del despacho. A pesar de las palabras de su prima, que había dejado bien claro que no iba a encontrar nada relacionado con sus negocios allí, pensó que quizás lo que faltaba de su vida personal estuviese detrás de aquella puerta.

Mientras giraba el pomo de la puerta que parecía llevar mucho tiempo sin ser abierta por el ruido que hicieron las bisagras al ser obligadas a despertar de su sueño, pensó que quizás allí encontraría lo que estaba buscando. Esperaba tener más suerte que en su paso por la habitación.

El despacho era muy viejo, de madera de pino. No había duda de que antes había sido de su padre. Dos grandes muebles llenaban las paredes laterales, al fondo un gran ventanal, delante de él una mesa muy ornamentada. Abrió sus cajones y en ellos hizo un descubrimiento inesperado. Se trataba de un manojo de cartas antiguas metidas en un sobre. Las cartas iban dirigidas a la víctima. Cuando giró el sobre para ver quién había sido el que las enviara, su mirada se encontró con un nombre: Joaquín. No había más referencias al destinatario, ni apellidos, ni dirección. Aquel descubrimiento le hacía sospechar que la relación entre ellos era muy estrecha.

- ¿Serían del mismo Joaquín Pérez, empresario mexicano asesinado en las mismas circunstancias que el conselleiro? – estaba golpeando en su mente aquella pregunta mientras guardaba en su bolsillo el sobre con el grupo de cartas.

143

Al salir del despacho se puso a caminar escaleras abajo en busca de las dos mujeres que lo esperaban en el piso de abajo, recordó que no debía olvidar comunicarles que se iba a llevar con él aquella correspondencia que había encontrado en el despacho de su hijo y primo respectivamente.

Mientras bajaba las escaleras, se percató de que una cuestión golpeaba en su cabeza cada vez con más fuerza.

- ¿Dónde había estado la víctima en el verano del 75? ¿Sería precisamente en aquel verano, en el que las dos víctimas siendo todavía unos jóvenes, cuando se habían encontrado por primera vez?"

Cuando llegó al piso de abajo, las dos mujeres lo estaban esperando. Al dirigir su mirada hacia ellas, pudo confirmar, al encontrarse con sus rostros, que la pobre vieja ya estaba mucho más tranquila.

La más joven de las dos le ofreció una taza de café, si le parecía bien y tenía tiempo para tomarla. Aquella invitación le vendría muy bien para retomar la conversación que dejaran pendiente. Un café de por medio la haría más distendida y menos formal. Además, como ya eran cerca de las dos de la tarde, agraciar con algo a su cuerpo no le vendría nada mal.

Mientras le servía el café y le acercaba un poco de dulce, pensó que era un buen momento para tratar de resolver la cuestión que lo había traído a aquella casa. Era necesario hacer la pregunta sin darle demasiada solemnidad ni importancia para que la mujer no pensara que aquello era trascendental para la investigación, no se pusiese tensa y a la defensiva. Así, sin modificar el gesto de despreocupación dejó caer la cuestión que lo había traído a aquel lugar.

- ¿Podría decirme dónde pasó su hijo el verano del año 75?

La vieja permaneció callada unos minutos como si estuviese intentando remover en su cabeza buscando ese año, después comenzó a desgranar las palabras muy lentamente.

- En el verano del 75, Mario fue a pasar unos días a la costa. Si no me falla la memoria, que ya está un poco reblandecida, estuvo en un lugar de la provincia de Pontevedra, en las Rías Baixas.

El agente no pudo resistir más aquella espera y, tratando de no poner cara de impaciencia, le preguntó directamente a la anciana:

- ¿No sería en San Martiño do Conde?

- Pues ahora que usted lo dice, fue allí donde estuvo. Pero, ¿por qué me lo pregunta?

Como le dió la sensación de que el inspector no quería contestar aquella cuestión que le acababa de plantear, ella decidió seguir con su historia.

- Todos los veranos durante su juventud iba a pasar un mes a la costa. Cada año cambiaba su lugar de descanso, para poder conocer diferentes lugares de Galicia y no ir siempre al mismo. Nunca repitió dos años seguidos en el mismo. Pero, ahora que usted lo dice, en el 75 estuvo en San Martiño. Fue uno de esos veranos que nunca olvidó. Se hizo muy amigo de otros dos jóvenes de su edad: Joaquín y Luis. Imagínese usted lo amigos que se hicieron que, hasta hace unos cinco años aproximadamente, seguían manteniendo correspondencia regularmente e incluso se llamaban cada cierto tiempo. En los últimos años habían sustituido a las cartas por el ordenador, aunque no con tanta regularidad como los primeros años, seguía manteniendo el contacto.

El rostro del inspector se iluminó de repente. Aquel era el camino que estaba buscando. "¡Los dos jóvenes se habían conocido en San Martiño do Conde aquel verano del 75! Pero su madre habló de un tercero. Debía dar con él, quizás aquel joven, Luis, tuviese la respuesta a todas las preguntas." Por fin había encontrado la luz que faltaba para iluminar su camino.

La madre, ignorante de los pensamientos del inspector García, seguía con su historia.

- El regreso de aquel verano no había sido nada fácil para mi hijo porque su padre y yo estábamos en proceso de separación. Yo pensaba que un mes al margen de nuestras peleas no le iba a ir nada mal, pero cuando regresó de San Martiño las cosas no habían hecho más que empeorar. Siempre me culpó de no mantener a la familia unida, de alejar a su padre de nuestro lado. ¡Si él supiese todo lo que tuve que pasar y consentir mientras era un niño para mantener unida a la familia! - mientras pronunciaba aquellas palabras el rostro de la mujer parecía haber envejecido 10 años de repente; la tristeza había comenzado a invadirla de nuevo.

- Tía no es necesario que cuente eso - interrumpió su sobrina de forma tajante. Aquello formaba parte de su intimidad. La mujer no estaba cómoda con el hecho de que su tía se lo contase a un desconocido. La gente, cuando se hace mayor, pierde el sentido de la intimidad y no tiene problemas para contarle a cualquier desconocido su vida. Son igual que los niños.

"Entonces las cartas que llevaba en el bolsillo eran del mismo Joaquín, del que tenía el expediente encima de su mesa en Compostela. ¡Por fin un hilo del que tirar!"

Antes de marchar tenía que comentarles a aquellas dos mujeres su intención de llevarse las cartas de su hijo y primo, además de comunicarles la muerte de Joaquín. Así podría averiguar si lo sabían o si su hijo se había preocupado de ocultarle este hecho, igual que hiciera con los medios de comunicación gallegos.

- He encontrado algunas cartas en el despacho de su hijo. Si usted no tiene inconveniente, las llevaré conmigo para revisarlas. Estoy convencido que nos podrán aportar datos importantes para la investigación. Porque no sé si lo sabrá, pero Joaquín falleció hace dos años en extrañas circunstancias. Necesito averiguar si las dos muertes guardan alguna relación. Sospecho que algo sucedido en el verano del 75 en San Martiño do Conde ha sido la causa de lo que sucedió con su hijo.

La cara de sorpresa de madre y sobrina demostraban claramente que su hijo no les había informado de lo que había sucedido con su amigo. La cara de sorpresa le llevó a pensar en la posibilidad de que ni él mismo se hubiese enterado de la muerte de su amigo en México. El inspector García se inclinaba por la primera de las hipótesis. "Teniendo una amistad tan próxima como tenía con

Joaquín, sin olvidar el puesto que ocupaba en la política gallega, no podía ser posible que no le hubiese llegado la información de la muerte del empresario mexicano. Alguien se preocuparía de hacerle llegar la noticia de su fallecimiento. No podría ser de otra forma. Con toda seguridad habría sido él quién estaba detrás del nulo eco que había tenido la muerte de Joaquín en Galicia."

Después de aquella mañana tan productiva en las tierras del Deza, aquel café y, sobre todo, el dulce casero que le había sabido a gloria, había llegado el momento de volver a la capital y sentarse de nuevo en su despacho para leer la correspondencia que llevaba en su bolsillo. En su cabeza seguía golpeando la misma pregunta que lo llevaba acosando desde que saliera de aquella casa. "¿Qué habría sucedido en el verano del 75? ¿Cuán grave podría haber sido lo sucedido para acabar de aquella forma con las vidas de los dos hombres? ¿Qué habría sucedido con el tercero de los jóvenes que compartió con ellos el verano en San Martiño do Conde? ¿Habría alguien más aquellos días?"

Sumergido en estos pensamientos, el viaje de vuelta se le había hecho mucho más corto que el de ida. Cuando salió de sus pensamientos ya estaba a la altura del Hipercor, en la entrada de Santiago.

Las investigaciones comenzaban a ir por buen camino. "Solo falta investigar lo sucedido que el verano del 75. No me va a quedar más remedio que ir de visita a San Martiño do Conde. ¿Qué sucedería allí por aquellas fechas para llevar a estos dos personajes a la muerte? ¿Quién sería el tercero de los jóvenes? Con toda seguridad la clave está en este manojo de cartas que llevo en mi bolsillo."

XI

El viaje a Silleda había sido más productivo de lo que en un principio esperaba el inspector García. Aquel manojo de cartas que había traído de la visita a la casa familiar tenía que aportar mucha luz a lo sucedido que el verano del 75 en San Martiño do Conde. Eran cartas que Joaquín y un tal Luis, otro de los jóvenes que había compartido con Mario aquellos días de descanso en la villa costera, se habían escrito en los meses y años posteriores a aquel encuentro estival.

Las primeras que había recibido el futuro conselleiro eran del mes de septiembre del año 75, pocos días después de que los tres jóvenes regresaran a sus lugares de origen y volviesen a sus rutinas diarias. La comunicación epistolar entre los tres adolescentes llegaría a prolongarse durante diez años, ya que las últimas que había recibido Mario eran del año 1985, o por lo menos las que estaban en aquel sobre. Su madre no había sabido precisar durante cuántos años se había mantenido aquella amistad a través de las cartas que su hijo recibía periódicamente de Joaquín y de Luis.

La lectura detallada de las cartas le llevó casi toda la tarde, hasta bien entrada la noche no llegó a la última de todas ellas. En aquella comunicación epistolar los tres jóvenes hablaban de su futuro universitario, y en el caso de Luis de su fichaje por la Real Sociedad. Ahora que lo pensaba, Luis había sido un centrocampista famoso del equipo donostiarra durante su etapa de gloria, había llegado a ser varias veces internacional. Aunque no era muy aficionado al deporte rey sí recordaba aquellas dos ligas que había ganado la Real Sociedad y las alabanzas que recibía el número 8 del equipo que era de origen gallego.

De las palabras de Luis y Joaquín se deducía que Mario estaba pasando por un mal momento por culpa del divorcio de sus padres, y los sentimientos de odio hacia su madre, a la que culpaba de no ser capaz de mantener a la familia unida.

Las dos primeras cartas que había recibido Mario golpeaban con fuerza en la cabeza del inspector García y reproducía mentalmente varios párrafos de ellas que no llegaba a entender; hablaban de un hecho sucedido aquellos días de descanso en San Martiño do Conde, que podrían ser la clave de lo sucedido posteriormente. Tanto Luis como Joaquín tenían remordimientos por lo que le habían hecho a una joven llamada Antía, con la que habían entablado amistad aquellos días. De sus palabras se desprendía la preocupación de que ella pudiese contar lo sucedido, la preocupación era mayor en el caso de Luis, porque no estaba tan lejos como en el caso de Joaquín que con el Atlántico por medio corría menos peligro.

152

De las palabras de Joaquín y de Luis se deducía que Mario no tenía ningún tipo de remordimiento por lo sucedido en San Martiño do Conde con Antía. El odio que sentía por la pasividad de su madre en el divorcio daba la sensación de que lo había focalizado en aquella joven que habían conocido durante el verano.

"¿Qué habría sucedido con aquellos tres jóvenes en San Martiño do Conde? ¿Qué le habrían hecho a Antía para que tuviesen no solo remordimientos con lo sucedido sino el temor de que ella hablase? ¿Quién sería Antía? ¿Qué habría sido de ella?"

Solo Luis y la propia Antía, siempre y cuando siguiesen vivos, podrían contestar a aquellas preguntas que fluían por la cabeza del inspector. Debía investigar si todavía estaban vivos, contactar con ellos para saber a qué hecho hacían alusión aquellas cartas. Aunque de las palabras de los tres jóvenes parecía deducirse que la joven había sido víctima de un suceso suficientemente grave como para marcar su futuro, acontecimiento en el que ellos habrían sido los autores directos o testigos pasivos del mismo. Eso era lo que le quedaba por resolver.

No podía demorar más su visita a San Martiño do Conde. Había llegado el momento de viajar al año 75 y descubrir lo que había sucedido en ese mes de agosto.

De nuevo San Martiño do Conde. Aquel lugar era para el: EL LUGAR. En él se habían sucedido muchos de los casos que había tenido que investigar durante su etapa en la Policía Nacional. Su destino en la comisaría de Pontevedra había provocado que todos los crímenes que se habían producido durante aquellos años en el pueblo costero acabarán en sus manos. Su juventud y sobre todo su formación habían sido el detonante para que el Comisario Jefe los hiciese recaer sobre él.

Parecía que aquel lugar y él mantenían una extraña atracción, ese elemento mágico que lo hacía regresar allí una y otra vez. ¡Pobre iluso!, él que había pensado que, con su marcha a la Policía Autonómica, San Martiño desaparecería para siempre de su vida, pero el destino parecía volver a actuar. Toda su vida en el cuerpo se había desenvuelto en la comisaría de la capital y desde su llegada no le había quedado otra que investigar todos aquellos crímenes que se habían producido en la villa a la que debería regresar de nuevo.

Por su imaginación pasaron todos aquellos casos, las fechas en las que se habían desarrollado las investigaciones. Esos momentos profesionales se mezclaban con momentos significativos de su vida, como si una fuerza superior los fuese relacionando. Mentalmente comenzó a repasarlos.

- 1979 el ahogado en el puerto de San Martiño había coincidido con el año de su boda, cuando tenía poco más de 25 años.

- 1985 la desaparición de aquella joven que después había aparecido enterrada en un monte de Santa María do Conde, con el nacimiento de su hijo.

- 1987 la desaparición del Monte Castro camino del banco pesquero Canario-Sahariano, con el nacimiento de su hija.

Los que no creen en estas cosas dirán que son fruto

de la casualidad, que si queremos buscar alguna relación siempre la vamos a encontrar.

El caso era que seguía pensando que aquel pueblo tenía algo que empujaba a sus vecinos al crimen y a la delincuencia. Si fuese creyente diría que el demonio debió dejar por allí mucha de su esencia, pero como no lo era pensaba que solo era fruto de la casualidad.

Ensimismado en esta teoría no podía dejar de pensar que en los años 70 San Martiño do Conde había sido uno de los centros más importantes del contrabando de tabaco, tan asentado en Galicia por aquellas fechas, que traía de cabeza a los de Aduanas. Los contrabandistas y sus sicarios trabajaban con la impunidad que les daba el silencio y la complicidad de los vecinos, fuerzas de orden locales e incluso de los políticos. Todo aquel negocio beneficiaba a muchos y solo perjudicaba a las arcas del Estado, pero no se puede olvidar que de aquella "Hacienda éramos todos", parafraseando el lema que se pondría tan de moda años después gracias a cierto ministro de Economía y Hacienda.

Cierto es, hay que decir en favor de todos aquellos contrabandistas corrientes, que ninguno de ellos se pasó al tráfico de drogas como sí habían hecho "compañeros" de negocio en otras localidades gallegas años después. La imagen que tenían creada estos delincuentes era la de ser los herederos de aquellos hombres que se dedicaban al contrabando de café o azúcar en la frontera entre Galicia y Portugal durante los años de la posguerra. Su trabajo estaba cargado del romanticismo de aquellos hombres y mujeres, pero el beneficio no tenía nada que ver con el de ellos. Ya se

155

sabe que el dinero acaba arruinando al ser humano y embruteciéndolo para conseguir más dinero.

Algún día tendría que ponerse al trabajo de ordenar por escrito todas las investigaciones que había tenido que acometer en aquellos años y que tanta fama le habían proporcionado entre sus compañeros, hasta el punto de haber sido propuesto para dirigir la Comisaría Central de Vigo; propuesta que había rechazado. No pensaba dejar por escrito todas aquellas historias sino despertar la curiosidad de alguien del mundo científico para que investigase el por qué de aquella proliferación de crímenes en aquel lugar de la costa de poco más de 9000 habitantes. Pero ahora no era el momento ni de recoger sus historias, ni de agitar la curiosidad científica de nadie. El caso que tenía entre manos era suficientemente complejo como para dejar a un lado su retrospectiva hacia el pasado como agente de la Policía Nacional.

"Ahora lo importante es centrarse en lo sucedido con el Conselleiro de Industria. que ya lo decían los viejos "quien mucho abarca poco aprieta".

12

Antía había trabado amistad con los tres jóvenes. Quedaban todas las tardes a la misma hora en el camino que lleva a la playa. Hablaban de sus cosas, de su infancia, de sus primeras andanzas por el mundo, de su experiencia en la escuela, de sus ilusiones... En fin, todo lo que solían hablar unos adolescentes que tenían toda la vida todavía por delante. Hablaban y hablaban hasta que la noche les hacía retornar a sus nidos como hacían los pajarillos.

Los días pasaban cada uno más rápido que el anterior, Antía se había convertido, poco a poco, en el centro sobre el que gravitaba el grupo. Los jóvenes comenzaban a rivalizar por ver quién le daba antes su toalla, por ayudarle a secar la espalda o por invitarla a un refresco. Quien menos interés ponía en aquella lucha era Mario. "Él siempre a lo suyo. Siempre en su papel de reflexivo. Habitualmente en su mundo con aquellos ojos que mezclaban la tristeza de su pasado con la felicidad del momento presente."

Antía hacía todo lo que podía para intentar adentrarse en la vida de Mario, entrar en sus preocupaciones, ayudarle a pasar los malos momentos que lo llevaban a su introversión. Poco a poco fue

157

despertándose en ella una irrefrenable atracción por el enigmático joven. Pero este seguía a lo suyo, perdido siempre en su mundo. Crecía cada vez más en su interior el odio que sentía por su madre, por la mujer que había apartado a su padre de la familia. Todo ese sentimiento lo trasladaba a cualquier representante del género femenino con el que se encontrara.

Cuando el sol se negaba a presidir el cielo, los jóvenes decidían hacer una excursión por el pueblo o por las aldeas que integraban San Martiño do Conde. Una tarde visitaron los molinos que había por la orilla del río; otra, subieron a una ermita de la que solo se conservaban unas pocas piedras. El siguiente viaje fue al pie de la cumbre más alta en la que se conservaban restos de un castro que todos los investigadores habían fechado antes de la llegada de los celtas; en otra, a una vieja fábrica de salazón de pescado. Antía desempeñaba con maestría su papel de guía. Durante el recorrido, les contaba a sus amigos historias, que les contaba tal cual habían sucedido en aquellos atractivos lugares. Lo que ellos desconocían o hacían ver que no se daban cuenta, era que muchas de aquellas historias eran fruto de la imaginación de su amiga.

Les contó cómo había ido muchas veces con la abuela a moler maíz al molino que había cerca de su casa. Construcción que visitaron el día que decidieron recorrer la ruta de los molinos que recorría la aldea. Se sentía como pez en el agua cada vez que hacía de cicerone con sus nuevos amigos.

Cuando en sus recorridos se encontraban con algún aldeano, Antía se paraba a preguntarle historias y sucesos de otra época, sobre los trabajos del campo o los del mar… Los jóvenes escuchaban muy atentos. Para ellos, menos para Luis, mucho de lo que estaban escuchando era completamente desconocido, los atraía de tal modo que *estaban siempre dispuestos a escuchar con la mejor de las predisposiciones a cualquiera, que tuviese algo que contar. Las gentes con las que se encontraban estaban encantadas con la actitud de aquellos jóvenes de fuera, porque lo que solía suceder en estos casos era que los que venían de veraneo iban a lo suyo y no llegaban a congeniar con las gentes de la aldea.*

Los cuatro esperaban con mucha ilusión la llegada del segundo fin de semana de agosto para poder divertirse todos juntos en las fiestas que se celebraban en toda la comarca.

XIII

Mientras se dirigía en su coche a San Martiño do Conde, escuchó la noticia en la radio. Había sido encontrado muerto en Bilbao el conocido representante de jugadores Luis González. Seguidamente, hicieron una breve sinopsis de la vida del antiguo futbolista de origen gallego que había triunfado en el mundo del fútbol en el equipo vasco de la Real Sociedad. La noticia de su muerte tenía conmocionado al mundo del fútbol. El caso estaba bajo secreto de sumario. Al antiguo jugador no se le conocía ninguna enfermedad, lo que hacía sospechar a los medios de comunicación que se trataba de una muerte en extrañas circunstancias.

Aquella noticia no le resultó relevante. Tenía cosas mejores en las que pensar que la muerte de un antiguo futbolista, aunque fuese de origen gallego. De repente, gracias a su memoria, el nombre que acababa de escuchar, Luis González, le hizo surgir la siguiente pregunta: "¿Por qué le resultaba familiar aquel nombre?" Estaba seguro de que había leído en algún lugar aquel nombre, pero ¿dónde?

De repente, hizo frenar su coche y echó mano de su cuaderno, allí donde anotará las conclusiones de la lectura hecha de aquel fajo de papeles que representaban el intercambio epistolar entre los jóvenes de su investigación. Mientras iba pasando las hojas trataba de recordar el apellido de aquel Luis que se carteara con las dos víctimas, pero no conseguía recordarlo. Cuando llegó a las páginas en las que se ocultaban las conclusiones, rápidamente vió aquel nombre y sobre todo el apellido que no conseguía recordar. Allí estaba, ante sus ojos, el nombre del joven que había compartido el verano del 75 con Joaquín Pérez y el Conselleiro de Industria en San Martiño do Conde, era Luis González. Ahora ya estaban muertos los tres.

Aquella noticia acaba de echar un jarro de agua fría sobre el optimismo que lo rodeara en las últimas horas. Ya no podría hablar con Luis, puesto que estaba en la misma situación que los otros dos amigos. Ya solo quedaba Antía como única integrante de aquel grupo de jóvenes que habían compartido el verano del 75. Solo ella podría aclarar si en aquel grupo había alguien más. Pero había un "pequeño" problema, desconocía quién era y dónde se encontraba aquella joven actualmente.

Para salir de aquellos pensamientos en los que estaba comenzando a ahogarse, cogió su teléfono móvil y llamó a la comisaría. Dio orden de que se pusiesen en contacto con la Ertzaintza y que estos les facilitasen todos los datos sobre la muerte de Luis González. A su regreso de San Martiño do Conde los quería encima de su mesa.

¿Por qué sería que los datos de la autopsia que iba a recibir dentro de unos días y los informes policiales le resultarían familiares? Era consciente que antes de recibirlos, los podría recitar de memoria. Coincidirían, al cien por cien, con los dos informes que ya tenía sobre su mesa desde hacía unas semanas.

De camino a San Martiño decidió que había llegado el momento de hacer una parada en una de las áreas de servicio, necesitaba un café con urgencia y comenzar a ordenar sus ideas.

Aparcó delante de la cafetería del área de servicio. Se sentó en la primera mesa que encontró vacía y echó mano de su cuaderno de piel. Abierto en las páginas de las hipótesis del crimen comenzó a tachar todas aquellas que deberían ser descartadas.

Móviles del crimen:

1. Venganza de amante despechada. (POSIBLE, las mutilaciones carecían de sentido a menos que fuesen para desviar la atención de esta posible vía)

---

2. Venganza de "cliente" de la Consellería de Industria. (No se podía olvidar que ésta era la Consellería que manejaba el presupuesto más importante de la administración, la que más impacto tenía en las grandes empresas y en las multinacionales. NO DESCARTAR DE BUENAS A PRIMERAS. No tienen sentido las mutilaciones. Pegarle un tiro sería suficiente)
3. Ritual de alguna secta. (Las mutilaciones recuerdan a algún posible rito satánico o a alguna secta. NECESARIO investigar esta vía. RECUPERAR viejas investigaciones sobre el tema) HIPÓTESIS A TENER MUY EN CUENTA. Muchos personajes públicos están metidos e historias oscuras. Las sectas de inmolación colectiva DESCARTADAS a menos que en antiguas investigaciones aparezcan muertes similares y las víctimas estuviesen relacionadas entre sí por pertenecer a algún grupo sectario.)

4. Venganza por algún hecho sucedido en el pasado y de su vida privada. (ANALIZAR SITUACIÓN ANTES DE SU LLEGADA A LA CONSELLERÍA, situación de sus empresas, investigar si ha habido alguna operación estraña relacionada con su empresa o contra otras de su sector; el mundo de la empresa muy complejo y con personas con muy pocos escrúpulos)

5. ~~Venganza de rival político (NO SE PUEDE DESCARTAR las luchas para llegar a la Consellería de Industria o 165elacionadas con su ascenso meteórico dentro de un partido en el que no llevaba más de dos años; las venganzas en política suelen limitarse a sacar mierda de su vida privada pero no llegan al asesinato y menos con estas características. Toda la puesta en escena podría tener como objetivo último desviar la atención des mismo modo que podría suceder en otras posibles vías NO DESCARTARIA POR AHORA. Contratación de sicarios.~~

> **Movimientos de rivales
> políticos. Investigar quien se
> beneficiaría de su muerte…)**

Después paso a las páginas en las que se resumían los dos informes de las muertes del empresario mexicano y del Conselleiro de Industria. Ahora tenía claro que en unos días recibiría el informe forense del antiguo futbolista recientemente fallecido. Le echó un vistazo, aunque lo sabía de memoria, a los datos de los informes de las víctimas.

> - **Somnífero en la bebida para poder llevarlo a su habitación sin ninguna oposición.**
> - **La dosis era muy pequeña para que el efecto durase poco y únicamente con la finalidad de permitir el traslado de la víctima a su habitación.**
> - **La mutilación de los genitales comenzó en vida, pero finalizó con la víctima ya muerta como demostraba el estado en que había sido encontrado el cuerpo.**

> **- La muerte había sido causada por la bala sin orificio de salida.**
> **- La pistola empleada era un arma del calibre 38 +P, empleada en pequeños revólveres de defensa personal (el tipo de arma hace pensar que quién la disparó fue una mujer o una persona que no era profesional del crimen)**
> **- Las heridas en los genitales y las amputaciones fueron causadas por una cuchilla de afeitar (puede encontrarse en cualquier tienda de venta de productos de peluquería, no es un hilo del que tirar)**

El círculo estaba cerrándose y en el centro de aquel crimen comenzaba a aparecer en letra roja un nombre, que a cada momento cobraba más fuerza y relevancia para la resolución de este caso. El nombre no era otro que el de ANTÍA.

XIV

Mientras repasaba aquellos datos que tenía en su cuaderno, y saboreaba aquel café horrible que era el que solían servir en todas las áreas de servicio de las autopistas, pensaba intentando poner en orden toda la información que había ido juntando durante los días previos. Tenía cada vez más la sensación de que ya quedaba menos para poder acercarse al final de su investigación.

Durante su viaje hasta San Martiño, poco más de hora y media desde Santiago, tenía cada vez más claro que aquel verano del 75 algo había sucedido en ese pueblo marinero que había marcado el desenlace de la vida de aquellos tres jóvenes que recorrían las calles, visitando sus playas... De ellos solo quedaban tres muertos con el mismo *modus operandi* y una joven que había compartido con ellos aquellas vacaciones de verano en la costa. La joven que hoy sería ya una mujer, solo ella podría aclarar lo sucedido en aquel verano del 75 si tenía algo que ver con los crímenes.

Como desconocía quién era y lo que había sucedido con aquella joven llamada Antía, decidió hacer un recorrido por el pueblo y hablar con los vecinos por si alguno de ellos se acordaba de los tres jóvenes forasteros a quienes acompañaba una muchacha en sus días de vacaciones. Alguno de ellos quizás recordarse algún hecho que pudiese relacionar los tres crímenes. Un suceso que provocase un desenlace así no podía permanecer oculto como si nunca hubiese sucedido.

Mientras el inspector estaba sumido en sus pensamientos, se percató de que el indicador que estaba al pie de la carretera le estaba dando la bienvenida a San Martiño do Conde. Decidió tomar el primer cruce que lo llevaría al centro del pueblo donde se encontraban la plaza de abastos y la lonja; lugares que estarían muy concurridos a aquellas horas de la mañana.

"Seguro que los más viejos del lugar andaban por allí tomando el sol. Podré conversar con ellos informalmente. Si tengo suerte los encontraré con ganas de hablar y lo harán rápidamente. ¡Es lo que tienen los viejos! No les diré nada de los motivos de mi investigación y, menos todavía, les revelaré mi identidad" - pensó mientras cogía aquel desvío que lo llevaría al centro del pueblo.

Cuando llegó no le fue nada fácil encontrar dónde aparcar, estábamos ya en la segunda quincena de julio, y San Martiño do Conde era un lugar que duplicaba sus aproximadamente 13000 habitantes en los meses de verano. Después de dar vueltas durante casi 20 minutos fue capaz de encontrar un hueco donde dejar su coche. A pesar de la densidad de vehículos, a nadie se le había ocurrido poner en marcha un negocio tan productivo como sería un aparcamiento subterráneo. Salió del coche y después de recorrer la calle principal que moría en la zona portuaria donde se encontraba la lonja y la plaza de abastos, decidió dar una vuelta por el puerto.

"Seguro que allí encontraría algunos viejos marineros que seguramente recordarán el verano del 75."

Así fue. Cuando llegó al puerto, no había avanzado más de 25 metros y ya encontró tres viejos, que parecían ser marineros, sentados en un banco recordando sus años jóvenes, esperando que sus días fuesen pasando sin muchos sobresaltos.

- Buenos días - saludó con la más amable de sus sonrisas.

- ¿Aprovechando el sol del verano?

- No tenemos otra cosa mejor que hacer - contestaron los tres al unísono como si fuesen una única voz

- Realmente el día no está para otra cosa que no sea tostarse al sol y esperar a que llegue nuestra hora sin muchos sobresaltos.

- ¿Son ustedes del pueblo? - preguntó para seguir con su conversación sin levantar sospechas en sus interlocutores. Si sospechasen que era periodista o policía no sacaría ninguna información de ellos.

Por sus gestos los viejos parecían demostrar que estaban esperando que alguien se parase para darles conversación.

- De toda la vida.

171

- Están las cosas un poco revueltas estos días con la muerte del conselleiro. ¿No les parece? – preguntó lanzando el cebo el inspector para ver si los viejos picaban el anzuelo y entraban en la conversación. Lo que sospechaba se acabaría confirmando al poco tiempo. Los viejos necesitaban poco para caer en la trampa y comenzar a hablar.

- Andan - respondió el que parecía más viejo de entre ellos.

- ¿Supongo que coincidirían ustedes con don Mario, dicen que estuvo por aquí durante un verano cuando era un adolescente?

- Dicen que había estado por aquí en el verano del 75, aunque por aquellas fechas nosotros estábamos en el mar: yo en Gran Sol, Pancho en Malvinas y Lucho en Canarias. Así que no coincidimos con él por aquí - remarcó el más viejo de nuevo, y el que parecía asumir la representación del grupo llevando el peso de la conversación que comenzaba a coger ritmo de crucero.

- Si usted está interesado en saber más de aquel verano del 75, puede hablar con Chelo. Ella eran por aquellas fechas la propietaria de la única fonda que había aquí en el pueblo. Y seguramente el conselleiro estuvo alojado en ella - respondió Lucho sin aparente interés por seguir con la conversación.

- Lo que pasa es que el hotel ya no existe, en su lugar hoy hay una sucursal de la Caixa de Vigo. El edificio fue restaurado por el banco hace unos años después de que

Chelo se lo hubiese alquilado completo – añadió Pancho, completando la información de sus dos compañeros.

Recordaba perfectamente aquella fonda de las veces que había estado allí por los otros casos que le había tocado resolver durante los primeros años como agente de policía.

Al final, la idea que traía en su mente el inspector García mientras viajaba a San Martiño do Conde, que no era otra que la de echar mano de viejos con ganas de hablar, estaba dando resultados muy satisfactorios.

De repente, Lucho, mirando fijamente al inspector García, le dijo con cara de pocos amigos:

- ¿No será usted uno de esos de la prensa que anda metiendo la nariz en la vida de la gente? Porque aquí los de su calaña no son bienvenidos. No hacen más que molestar a la gente de bien con sus cuentos, y ya tenemos bastante.

Aquellas palabras del viejo cogieron con el pie cambiado al inspector García. Lo que menos pensaba en aquel momento era que la conversación tan afable que estaba teniendo con aquellos tres viejos se podía torcer de la forma que lo estaba haciendo. Convenía tener cuidado y salir lo mejor posible del paso, porque todavía no sabía dónde podía encontrar a la propietaria del hotel en el que habían estado los tres jóvenes alojados, y tampoco si seguía viva o ya había fallecido.

No se preocupe usted Lucho, que no soy de la prensa, y a mí como a ustedes, tampoco me gustan nada los periodistas. Soy pariente del conselleiro y estoy intentando reconstruir partes de su vida para poder contárselas a mi hermana que es su madre.

Aquellas palabras parecía que habían tranquilizado a sus interlocutores, y volvieron a conversar con el tono de confianza que tenían minutos antes. El rostro de los tres marineros volvió a ser el del inicio de la conversación. El inspector, recuperado el ambiente de concordia con los tres viejos, aprovechó para hacerles la última pregunta.

- ¿Entonces, Chelo sigue viviendo en el pueblo?

- Claro que sí. Ya tiene años, pero su cabeza le funciona a la perfección – contestó Lucho, recuperando el tono animado de la conversación.

- ¿Saben ustedes dónde puedo encontrarla?

- Desde que alquiló la fonda al banco, vive en una casa que compró en la misma calle, unos metros más arriba. Alí podrá encontrarla viviendo con su hija. Ya no sale mucho de casa porque sus piernas, non le responde como cuando era joven.

Aquellas palabras de Pancho y un simple "Adiós", sirvieron para dar por finalizada la conversación.

Mientras el inspector García se dirigía a la casa de la propietaria del antiguo hotel, echó una ojeada a su reloj que marcaba la una de la tarde. Cómo pensó que no era buen momento para acercarse a la casa, para no interrumpir los momentos previos a la comida, decidió dar una vuelta por el pueblo para buscar un lugar en el que comer. Mientras caminaba por el puerto hacia alguno de los locales en los que podría hacerlo, se encontró ante el Museo de la villa. Un museo de tamántica marinera de los más importantes de Galicia después del Museo del Mar de Vigo. Todavía tenía tiempo y no cerraba hasta las dos de la tarde. "Buena hora para comer", pensó. Por ese motivo decidió entrar a visitarlo.

Fue recorriendo cada una de las salas en las que pudo ver la exposición permanente dedicada a la pesca de la ballena y a la industria de la conserva. En el segundo piso, encontró una de las colecciones de temática marinera más interesantes de las que había visto nunca hasta aquel momento. Cuando se disponía a salir, se encontró con la sala de exposiciones temporales, había en ella una serie de fotografías que recogían una retrospectiva de San Martiño do Conde durante diferentes momentos da súa historia. Fue recorriendo lentamente con la mirada todas aquellas imágenes para hacerse una idea de cómo sería aquel lugar en los años 70. Aquel sería el lugar por el que habían caminado los tres jóvenes y la muchacha que los había acompañado durante aquellos días de asueto.

De repente, su mirada se detuvo en una serie de fotos en las que aparecían grupos de jóvenes por las calles, en las fiestas, por sus playas... Entre aquellas imágenes le llamó especialmente la atención una de ellas: tres jóvenes acompañados de una muchacha sonriendo sentados en uno de los bancos de la Alameda. Había algo en aquella imagen que le resultaba familiar. Se paró a observar con más detalle aquellos rostros.

- "¡Eran Joaquín, Mario y Luis acompañados de una joven! ¿Sería Antía la joven que estaba sentada con ellos en aquella foto?" El corazón comenzó a sonar con fuerza en su

175

pecho. Hoy estaba de suerte, necesitaba llevarse aquella foto para enseñársela a Chelo y que ella confirmara sus sospechas.

Fue en busca del guardia de seguridad que le había recibido en la puerta cuando había entrado. Necesitaba que alguien de la dirección del museo le entregase la fotografía. Leyó cuando salía de la sala que la exposición estaba coordinada por una asociación cultural local que se había dedicado a recoger fotografías antiguas entre los vecinos y había organizado la retrospectiva en colaboración con el museo.

Cuando se acercó al guardia de seguridad que se encontraba en la puerta éste lo miró con cara de aburrimiento y con muy pocas ganas de salir de su rutina habitual. Le preguntó por el despacho de la directora del museo después de enseñarle su placa, para evitar así tener que dar más explicaciones por su petición y ser atendido con diligencia. Él mismo después de cerrar la puerta, porque ya pasaban unos minutos de la hora de cierre, le hizo un gesto para que lo siguiese escaleras arriba en busca del despacho de dirección.

Al final del pasillo del segundo piso estaba el despacho de la directora. El de seguridad llamó a la puerta y desde la interior se escuchó un: "Adelante."

Después de las presentaciones de rigor y de que el guardia les dejase a los dos solos en el despacho, el inspector García le explicó a la directora el motivo de su viaje a San Martiño do Conde. Una vez finalizada su explicación, en la que obvió detalles de la investigación que no venían a cuento, le pidió que le proporcionase la fotografía que

176

aparecía en la exposición y que había llamado especialmente su atención.

En un primer momento no estuvo muy de acuerdo con atender a su petición, porque la fotografía no pertenecía a los fondos del museo, sino a una entidad particular. Deberían ser ellos los que autorizasen la entrega del material que el agente solicitaba. Para salir del callejón sin salida en el que se encontraban, el inspector le pidió a la directora que se pusiese en contacto con el Presidente de la entidad, le comunicase que iba a entregarle la imagen y que le sería devuelta unos días después, una vez hecha la copia correspondiente para poder añadirla al material de la investigación.

Después de unos momentos de incertidumbre, la joven decidió atender la petición del inspector García y llamar al responsable de la asociación. Tras una breve explicación, el inspector García concluyó por la expresión de la responsable del museo que no habría problema para entregársela una vez que finalizase la conversación telefónica.

A las dos y media salía con aquella fotografía en su bolsillo y con la idea de visitar a Chelo después de comer. Mientras paseaba por la calle principal que conducía a la casa de la antigua propietaria del hotel en el que esperaba hubiesen estado alojados los tres jóvenes que llevaba en su bolsillo, pensaba que con aquella imagen congelada del año 1975 sería mucho más fácil para aquella mujer identificar a los jóvenes y poder hablarle de la chica que los acompañaba en la imagen en aquellos días del mes de agosto. Cuando ya estaba a unos metros de la casa que le habían descrito los tres viejos como la de Chelo, leyó un cartel en otra de piedra que parecía estar igual que en el año 75, que hacía alusión a un lugar de comidas llamado Casa Lela.

De repente recordó aquel lugar, no era otro que en el que paraba a comer cada vez que visitaba San Martiño do Conde con motivo de los casos que había tenido que resolver en aquel lugar.

"¡Cuántos recuerdos le traía aquel lugar!", pensaba que ya no existiría, pero allí estaba, invitándolo a entrar como ya había hecho muchas veces en diferentes momentos del pasado.

Decidió que por la hora que era, cerca de las tres de la tarde, aquel podría ser un buen lugar donde comer. En la puerta había uno de esos carteles patrocinados por una conocidísima marca de cerveza gallega, en el que podía leerse:

Menú casero:

✓ **dos platos a elegir**
✓ **pan**
✓ **bebida**
✓ **y postre**
✓ **por 1€ más café**

Precio 8 €

Aquella propuesta que acababa de leer le pareció suficientemente atractiva como para entrar y recordar las veces que en el pasado había comido allí. Además, le podía la curiosidad de saber si las cosas seguían igual en aquel lugar como en sus recuerdos.

"Con un poco de suerte encontraré a la mujer que daba nombre al local e incluso podré preguntarle por aquellos jóvenes que traía en el bolsillo", pensaba mientras entraba en el interior del local que parecía seguir congelado en los años 70.

Cuando entró en el comedor de Casa Lela se llevó la primera decepción, todo el personal que se movía por el comedor apenas superaba los 20 años. A pesar de haber echado una mirada rápida a todo el salón no encontró por ningún lado indicios de la presencia de aquella mujer que regentaba el local en los años 70 con la que había compartido alguna que otra conversación ocasional y que hoy ya sería una señora mayor. Aunque era mucho presuponer puesto que no sabía tampoco si esa mujer todavía seguía viva, en el caso de estar por allí seguramente ni se acordaría de él por el tiempo que había pasado y el número de comensales que habrían comido en su casa en todos aquellos años.

Estaba concentrado en aquellos pensamientos que los llevaban a los años 70, cuando se acercó a él un joven para preguntarle con mucha profesionalidad:

- ¿Viene usted a comer? - el inspector se limitó a hacer un gesto afirmativo con la cabeza.

Mientras lo acompañaba por la sala camino de una de las mesas del fondo, se volvió para preguntarle su anfitrión:

179

- "¿Desea alguna mesa en especial?" - sin esperar respuesta volvió a preguntar: "¿Va a comer usted solo o viene acompañado?"

A todo este interrogatorio García se limitó a contestar con un tono totalmente neutro. "Vengo yo solo y no tengo interés en ninguna mesa en especial. Está ya me sirve." Afirmó mientras cogía una de las sillas que tenía a su lado para sentarse y acabar así con aquel viaje que no parecía tener un fin próximo a menos que él se lo diese.

La comida fue muy de su agrado. Era comida casera. En un pueblo marinero una de las fortalezas gastronómicas era el pescado de la ría y seguía siendo el mismo tipo de menú que había degustado en aquel lugar hacía casi 30 años.

De primero pidió empanada de pan de maíz con zamburiñas que regó con una copa de vino tinta femia, por recomendación expresa de la joven que le vino a recitar los platos que tenía para escoger. La empanada había sido un acierto, aquella masa que se rompía cuando los dientes la apretaban muy suavemente, y que era una de las especialidades de Casa Lela, como bien le había explicado la joven; incluso se recreó en explicarle las dificultades aparejadas a la elaboración de la masa con pan de maíz, más compleja de ligar que la tradicional de trigo.

La sugerencia del vino no había sido del mismo agrado que el plato, se trataba de un caldo que se producía en la comarca exclusivamente pero que resultaba excesivamente ácido para su gusto, sobre todo, para un paladar como el suyo que estaba muy acostumbrado a los vinos de Rioja o de la Ribera del Duero, mucho más secos que los tintos del país.

El segundo plato, maragota en caldeirada, fue el remate más adecuado al primer plato. En este caso renunció a la segunda copa de tinta femia para inclinarse por un Ribeiro, que sabía que no lo iba a defraudar, como buen blanco gallego tenía el punto adecuado de aguja.

Mientras dejaba que la maragota se deshiciese en su boca como el mejor de los melosos de carne, pensaba que estaba comiendo manjares que en Casa Lela se llevaban degustando desde hacía más de 100 años. Esta afirmación no era gratuita porque en la parte superior de la puerta había una inscripción en piedra, porque todo el edificio era de piedra, que tenía una fecha que él consideró la de fundación de la casa: AÑO 1900.

Estaba en lo cierto cuando pensaba que con toda seguridad aquellos tres jóvenes habían comido o cenado más de una ocasión en aquel lugar durante sus vacaciones en San Martiño do Conde.

El postre no desmereció en absoluto a los dos platos anteriores, una empanada de manzana casera que era el dulce típico del lugar y que podría competir en igualdad de condiciones con cualquiera de los dulces de más fama de otros lugares de Galicia o incluso de España. Mientras degustaba aquel manjar digno de los dioses, la joven que se encargaba de su manutención se acercó para preguntarle si iba a tomar café. Momento que él aprovechó para decirle con la naturalidad de un comensal habitual:

- Todo lo que acabo de comer estaba fantástico. Mis felicitaciones a la Sra Lela por el fantástico trabajo que hace en la cocina. Veo que sigue sin perder la buena mano que tenía para las tarteras como cuando era joven.

La muchacha puso cara de sorpresa cuando escuchó aquellas palabras del inspector García. Ella, nieta de la propietaria del local, no conocía a aquel comensal que mandaba felicitar a su abuela. O muy equivocada estaba o no era la primera vez que aquel hombre visitaba Casa Lela. Muy sorprendida le preguntó:

- ¿Entonces conoce usted a mi abuela?

- Ciertamente que sí. Lo que sucede es que hace muchos años que no vengo por aquí a comer. Hubo un tiempo en el que venía mucho a esta casa por motivos de trabajo. Aunque no creo que me equivoque si pienso que tu abuela no se acordará de mí, me gustaría felicitarla personalmente si fuese posible por los manjares que acabo de degustar.

Aquellas palabras del inspector García no tenían otra intención que la de poder conversar con aquella mujer que por los años que debería tener conocería a Chelo e incluso a los jóvenes qué tanta guerra le estaban dando. Eran ya cerca de las cuatro de la tarde y él era el único cliente que quedaba todavía comiendo, por eso igual no resultaría tan difícil que la propietaria lo acompañase mientras tomaba el café.

La joven volvió a preguntarle si iba a tomar café. Ante la respuesta afirmativa del inspector García, le dijo que iba a hablar con su abuela para que saliese a saludarlo personalmente mientras lo tomaba. La cara de satisfacción del inspector reflejaba las sensaciones de victoria que pasaban por su interior. No sabía cómo era en la actualidad el aspecto que tendría aquella mujer ya entrada en años. No podía ser muy joven puesto que ya era toda una mujer cuando él iba por allí hacía ya unos cuantos años.

A los pocos minutos observó como por la puerta de la cocina salía una mujer de unos setenta años aproximadamente que se estaba secando las manos en el delantal. A pesar de sus años todavía quedaban en su rostro las huellas de la belleza que la había acompañado durante la mayor parte de su vida. Mientras se aproximaba a la mesa que ocupaba el inspector García, este calculaba mentalmente la edad tendría en el verano del 75.

- Buenos días. Acaba de decirme mi nieta que usted quería hablar conmigo.

La discreción de aquella mujer le impedía decir que su nieta le había dicho que quería felicitarla por su fantástico trabajo en la cocina. Aquella actitud no era falsa modestia, ni mucho menos, la señora Lela era una mujer que llevaba toda la vida cocinando y lo hacía con gran pasión. Siempre había asumido su trabajo, no como una profesión, sino como una forma de expresar su arte a través de sus platos. Todos decían que era una mujer adelantada a su tiempo, que si en lugar de nacer en San Martiño lo hubiese hecho en Madrid o en Barcelona su habilidad en la concina tendría reconocimiento internacional.

- Antes de nada, quería felicitarla por su fantástico trabajo. Hacía años que no comía tan bien como lo he hecho hoy. Estaba todo exquisito. Ahora permítame que me presente, soy el inspector García de la Policía Autonómica, estoy aquí investigando la muerte del Conselleiro de Industria. Supongo que no se acordará de mí, pero si le digo que soy el policía que investigó todos los crímenes que se produjeron en San Martiño en los años 70 y en los 80, y que paraba a comer en su casa, a lo mejor comienza a recordarme.

- Ahora que lo dice, su cara me resultaba conocida y no sabía por qué. ¿Cómo no me voy a acordar de usted? aquel joven policía que estaba casi más tiempo en este pueblo que en su propia casa - afirmó la señora Lela con cierta dosis de sorna.

- Decía usted que estaba aquí de vuelta por un caso que está investigando. ¿Y qué tengo yo que ver con esa investigación? - respondió la vieja con cara de sorpresa. Había oído la noticia de la muerte del conselleiro, pero no sabía qué relación podría tener ella con ese hombre que no conocía o que, cuando menos, ella no se daba cuenta de haberlo visto en otro lugar que no fuesen los informativos de la TVG.

- Veo que se sorprende de que yo quiero hablar con usted. Tengo que decirle que no venía con esa idea. Con quién tenía la intención de hablar era con Chelo, la dueña del hotel que estaba ahí en la esquina. Pero al parar a comer aquí, me surgió la posibilidad de hablar con usted, y me gustaría

184

hacerlo si no tiene inconveniente. Igual me puede ayudar en mi investigación.

- No tengo inconveniente en colaborar con usted en lo que considere necesario. Pero no sé qué información de utilidad le puedo aportar yo para su investigación.

- Igual más de lo que usted piensa. No sé si se sabrá que en el verano del 75 el conselleiro, cuando era un joven de 18 años, estuvo en el mes de agosto veraneando aquí. Estaba alojado en el hotel y posiblemente hubiese venido durante aquellos días a comer o a cenar en alguna ocasión a su local.

Sacó la fotografía que guardaba en su bolsillo y se la acercó a su interlocutora. Cuando le puso en las manos la imagen, la abuela le hizo una seña a su nieta para que le trajera las gafas, su vista ya no era la de hace años. Mientras se las ponía con cierta dosis de coquetería comentó: "Los años no pasan gratuitamente, ya necesito gafas para poder ver con más detalle."

- Ya me gustaría a mí llegar a sus años con la misma vitalidad que tiene usted ahora mismo, señora Lela.

Aquellas palabras del inspector García fueron recibidas con alegría por parte de su interlocutora. Porque a pesar de los años aún le seguía gustando que le recordasen el buen aspecto que tenía y lo bien que se conservaba.

La señora Lela miró durante unos segundos la fotografía. En la expresión de su rostro podía observarse que estaba intentando trasladarse al año en que había sido realizada. De repente, su rostro se iluminó igual que el de un niño cuando descubre el misterio de un truco de magia.

- Claro que me acuerdo de estos jóvenes de la fotografía. La joven es Antía la de los Soñora, cuando le sacaron la foto debía tener los 18 años recién cumplidos. Andaba mucho revoloteando alrededor de los tres jóvenes de la fotografía. Sí espera un momento creo que puedo recordar sus nombres. ¡Sí hombre! Mario, Joaquín y Luís. eran tres jóvenes muy educados que venían todos los días a comer y a cenar a Casa Lela.

- Estaban alojados en el hotel, y por aquella época Chelo solo les daba el desayuno. La comida y la cena la tenían contratada con nosotros. ¡Cómo no me voy a acordar de ellos! Si no me falla la memoria uno de los tres no era gallego, tenía acento mexicano o argentino. Ya no lo recuerdo bien. Fíjese usted cómo eran aquellos jóvenes que el día que se marcharon se pasaron por aquí para traerme un regalo. Aún lo tengo por ahí guardado. Voy a buscarlo para que lo vea. Después de un mes alimentándolos era ya como si fuesen mis hijos y así los trataba todos los días.

- No se preocupe. No es necesario. Hábleme de Antía.

- Antía era, como ya le había dicho, una joven de San Martiño, que aquel verano había cumplido los 18 años. Ella no era realmente de San Martiño, vivía en Santa María, una de las parroquias, pero estaba siempre con los tres jóvenes. Habían hecho muy buenas migas. Era una joven muy xeitosa, todavía lo es hoy. Después de haber estado muchos

186

años fuera regresó y vive en Santa María en la Casa Grande, un viejo pazo que compró hace unos años.

- Como le decía, Antía era una jovencita muy xeitosa. Tenía el pelo negro y los ojos del color de la miel. Siempre tenía una sonrisa en su rostro para todo aquel con el que se encontraba. Era una joven muy inquieta que hablaba con todo el mundo.

- ¿Recuerda algo que pudiera haber sucedido con ellos aquel verano que pudiera truncar su amistad?

- ¿No sé a qué se refiere? Siempre andaban todos juntos. Antía venía muchas veces a buscarlos después de comer y se marchaban juntos por ahí. Otras veces eran ellos los que iban en su busca camino de la playa.

- Aunque ahora que lo pienso. El día que los tres se marcharon yo fui a despedirlos y me sorprendió que Antía no estuviese allí. Pensé que sería porque estaba triste por la marcha de los jóvenes y no tenía ánimos para verlos partir. A veces las jóvenes somos un poco tontas por esas cosas.

- ¿Sabe que fue después de la joven? – el inspector buscaba en su respuesta un lugar o una dirección donde poder encontrarla.

- Poco podría decirle porque casi no salgo de mi cocina. Lo que sé es que se marchó a estudiar fuera e hizo carrera por ahí adelante. Durante esos años venía a San Martiño, como el resto de los que están trabajando fuera, a los entierros de los familiares y a poco más. Ella era de las que menos se dejaba ver por San Martiño. Como ya le he dicho antes, desde hace unos años vive en la Casa Grande, en Santa María.

El inspector García miró para su reloj y puso cara de sorpresa, eran ya las seis de la tarde. Llevaba hablando con aquella mujer dos horas y podría seguir tranquilamente otras dos escuchándola hablar. Se despidió con la promesa de regresar en poco tiempo con la familia, para que ellos pudiesen degustar los manjares que elaboraba la señora Lela y con los que él había disfrutado.

Cuando salió de nuevo a la calle decidió que ya no era necesaria la visita a la dueña de la fonda. Toda la información que necesitaba obtener de ella ya se la había proporcionado la dueña de Casa Lela.

Decidió ir a en busca de su coche y regresar a Compostela. Al día siguiente debía investigar sobre la vida de Antía Soñora. Cada vez tenía más claro que la clave de lo sucedido con los tres jóvenes solo podría obtenerla de la joven que compartía fotografía con las víctimas. De aquella imagen se desprendía que no había nadie más en el grupo. Ella era la clave para resolver aquellos crímenes. No tenía la menor duda de que el caso estaba acercándose ya a su final.

De camino a Santiago decidió que la investigación sobre la vida de aquella mujer no era incompatible con el registro de su casa, y su interrogatorio en el caso de los asesinatos del Conselleiro de Industria y del empresario mexicano. Quizás debería sumar también la del representante de futbolistas cuyo cuerpo acababa de aparecer recientemente. Aunque no podía acusarla formalmente de las muertes sabía que tenía la clave de lo sucedido. Únicamente ella sabía lo que había sucedido en aquel mes de agosto del año 75. Solo ella sabía la causa de aquellas muertes, o por lo menos era lo que le decía su instinto.

Tan pronto como consiguiese la autorización del juez tendría que regresar a San Martiño do Conde para registrar su casa en busca de pruebas que la relacionasen con las muertes.

****

Estaba totalmente convencido que la solución a aquellos crímenes estaba oculta en la casa de aquella enigmática mujer. Ella, bajo la presencia de mujer frágil y vulnerable, tenía oculta la llave que le permitiría abrir la puerta del misterio que tenía entre manos.

Si ella no era culpable, seguramente tenía las piezas que le faltaban para poder aclarar y recomponer el rompecabezas de los crímenes que la habían traido hasta San Martiño do Conde después de meses de investigaciones. El trabajo le había consumido horas navegando entre informes de autopsias, datos sobre la vida de las víctimas, informes de la policía científica... Todas esas horas de trabajo llevaban siempre al mismo lugar: San Martiño do Conde, y a la misma mujer: **ANTÍA SOÑORA**. Por eso, cuando obtuvo la orden de registro de su casa le invadió el convencimiento de que allí finalizaría, por fin, todo su camino.

Su llegada a la casa de Antía no supuso ninguna sorpresa para la propietaria. Llevaba tiempo esperando ese momento. Desde que se había producido el primer asesinato, era consciente de que algún día alguien la relacionaría con las muertes. Después de relacionar los tres asesinatos, resultaría fácil llegar al verano del 75 en el que las víctimas habían compartido las horas de sus vacaciones con ella. A pesar de llevar tiempo esperando aquella visita, algo en su interior le decía que su gran secreto seguiría sin salir a la luz. Estaría a salvo con ella, porque los que lo conocían no podrían desvelarlo jamás.

Mientras se acercaban a casa de Antía, el inspector García y el resto de los miembros de la policía que lo acompañaban, pudieron observar como una mujer los vigilabra desde la ventana, tras las cortinas. El inspector sabía que ella era la persona que podría solucionar el enigma, aunque fuese consciente que no se lo iba a poner nada fácil.

No obstante, en su foro más interno esperaba que no fuese así, y que cuando empezase el interrogatorio y se diese cuenta que su interlocutor tenía muy claro que ella era la clave, se derrumbase y acabase proporcionando las piezas que quedaban para poder cerrar la investigación. Todos estos pensamientos estaban a punto de hacerse realidad, aunque muy alejados del resultado que él mismo deseaba.

Llamó al timbre. La propietaria de la casa no se apresuró demasiado en abrir. Esperó a que el inspector García volviese a timbrar por segunda ver para acercarse a la puerta y abrirla ofreciéndole la mayor de las indiferencias tras su rostro impasible.

— Buenos días. ¿Qué desean?

A la frialdad de su recibimiento, respondió con la mejor de sus sonrisas y una carga de amabilidad que no era propia del cuerpo al que pertenecía. Quería conservar en su memoria el momento y disfrutar de lo que iba a ser su mayor éxito como investigador. No iba a consentir, por nada del mundo, que la frialdad e indiferencia de aquella mujer lo arruinase.

— Buenos días, señora. Traigo una orden de registro y para poder interrogarla por el asesinato del Conselleiro de Industria, y por otros dos crímenes que se han producido en condiciones similares.

Mientras los miembros de la policía científica se dedicaban al registro de la casa, Antía observaba impasible su metódico trabajo. Realmente no tenía nada que esconder y ella lo sabía.

Antes de que el trabajo de los agentes hubiese finalizado, el inspector le comunicó que tenía que acompañarlos a Compostela, a la sede de la Policía Autonómica para ser interrogada. Antía, con la misma frialdad que había demostrado desde el primer momento, y sin dar la más mínima señal de que podría derrumbarse, le pidió que pasara a su despacho. Allí podría esperar tranquilamente mientras se preparaba para acompañarlo.

Mientras el inspector esperaba que Antía lo acompañase a su despacho para trasladarla a Compostela y comenzar con el interrogatorio, era cada vez más consciente que el registro no estaba dando los frutos esperados. Su rostro había pasado de la soberbia a la preocupación, pero su *rictus* comenzó a cambiar cuando se dió cuenta que sobre la mesa estaban las pruebas de la última obra de Antía Soñora. Con sus primeras novelas había alcanzado el reconocimiento del público, y con la última, que aun no había visto la luz, había conseguido mantener la aureola de autora reconocida por crítica y público.

Allí reposaban las pruebas de su última novela. La obra acababa de recibir el XXXVI Premio Blanco Amor de narrativa. El premio de novela más importante de Galicia. Era su propuesta literaria más perfecta según había anunciado el jurado cuando se había hecho público el fallo del premio. Con la sensación de profanar el santuario más íntimo de aquella mujer, comenzó a leer las primeras líneas.

"Los veranos suelen despertar a las gentes de su letargo invernal, llega el calor, la ropa comienza a sobrar. La llegada de este tiempo nuevo y placentero hace que se acerquen..."

El inicio de la lectura fue interrumpido por el regreso de Antía dispuesta a acompañarlo para el interrogatorio.

Cuando salía del despacho con Antía acompañada por dos agentes, no porque fuese a huir sino por respetar el procedimiento en estos casos, y con la decepción marcada en su rosto, vió que en el mueble reposaba un revólver Pink Lady. El arma defensiva pensada por y para las mujeres. De repente, recordó que las cinco balas que acogía su cargador eran del calibre, 38 Especial +P, las mismas que se alojaban en las cabezas del Conselleiro de Industria y del empresario mexicano, aunque no había tenido todavía la confirmación, también en el caso del representante de futbolistas. Aquel hallazgo acababa de abrir la puerta definitiva.

15

Los tres jóvenes encontraron en Antía el elemento de unión con el lugar en el que se encontraban de vacaciones. Ella presumía de ser su cicerone por difentes lugares del pueblo.

Si había un lugar de visita obligada en la aldea era el viejo pazo. Aquella casa grande que ejercía una gran atracción sobre ella desde que comenzó a caminar. Cuando pasaba a su lado pensaba en los crímenes que se habrían cometido en aquel lugar tan siniestro. A pesar de su aspecto actual, su pasado había sido explendoroso y lleno de lujos a espuertas. Las gentes que pululaban por su interior pensarían siempre como poder amasar más y más dinero.

El lugar ejercía sobre los jóvenes una atracción que no era usual entre las gentes de su edad. ¿Qué interés podrían tener aquellos jóvenes llegados de fuera en un montón de piedras? Aquel iba a ser el lugar escogido para dejar en Antía un recuerdo imborrable de aquella "amistad". Una huella indeleble a pesar del tiemp que pudiese haber pasado.

La mañana era una de las típicas de finales de agosto. El cielo estaba completamente cubierto y prometía lluvia. El día triste coincidía con el estado de ánimo en el que se encontraba el grupo de amigos. Era el último día que iban a pasar juntos porque los adolescentes se irían al día siguiente y dejarían atrás aquellos días de alegría que habían vivido juntos.

Los tres habían aplazado la invitación de Antía para visitar el viejo pazo hasta el día anterior al de su marcha. Lo que no sospechaba la joven era que lo habían hecho a propósito para poder poner en marcha el plan que ya llevaban trazando desde hacía unos días al margen de la joven.

Cuando se encontraron, Antía percibía en sus miradas algo que no le gustó nada, también en sus rostros, pero le echó la culpa a que el momento de la despedida estaba cerca. Una separación que se produciría después de todos aquellos días en los que habían pasado la mayor parte del día juntos y en algunos de ellos, parte de las noches.

Todo lo que sucedería en el interior de aquellos viejos muros iba a marcar la vida de los adolescentes, de manera especial la de Antía. Jamás volvería a ser la misma después de recibir aquel regalo de violencia que recibiría de sus tres amigos.

Ellos serían los que romperían para siempre las ilusiones y el cariño que sentía por ellos. Aquellos días de verano, destinados a quedar en el recuerdo como días felices, se convertirían, en cuestión de minutos, en un odio que la acompañaría durante toda su vida. Ese rencor sería el leimotiv de su existencia y destruiría para siempre la personalidad de aquella joven alegre e inocente. El resto de su existencia solo viviría para cumplir con un único deseo: **VENGANZA.**

Gracias querido lector por haber apostado por esta historia y, sobre todo, por haber llegado al final del camino. Quiero pedirte un pequeño favor: si te ha parecido una historia que merece la pena recomiéndala a tus amigos y conocidos. Además si dejas en Amazon una reseña positiva de la obra entre todos conseguiremos que llegue a más lectores.

SOBRE EL AUTOR

Licenciado en Filología Hispánica en la Sección Galego-Portugués. Profesor Titular de Lingua e Literatura Galega en Bachillerato y Segundo Ciclo de la ESO en el Colegio Internacional Sek Atlántico. Miembro del Comité de Redacción de la Revista escolar CHAN DO MONTEen los años 1984, 1985 y 1986. Miembro del Jurado del I Premio de Poesía Johan Carballeira y del Premio de Narrativa Blanco Amor.Autor del artículo publicado en La Voz de Galicia "A derrota das utopías", con motivo de la publicación de la obra de Cid Cabido, *Grupo Abeliano* en la Biblioteca 120 de La Voz de Galicia.Colaborador en varios números del Suplemento del Morrazo del Diario de Pontevedra.Miembro del Comité de Redacción de la Revista IN. Colaborador del periódico quincenal A COMARCA. Miembro fundador de la Asociación de Amigos de Johan Carballeira (de la que actualmente es Presidente). Colaborador de la EGU (Enciclopedia Galega Universal)

Ganador del IX Certame de Poesía "Domingo Antonio de Andrade" convocado por la Asociación Cultural Domingo Antonio Andrade, de Cee (A Coruña) Colaborador en praza.com con el espacio de opinión A Ágora do Aletófilo.

Miembro del jurado del Premio de Xornalismo Johan Carballeira organizado por el Concello de Bueu en colaboración con la Asociación Amigos de Johan Carballeira.

Segundo premio en el concurso Letras como espada en el año 2015.

Autor de las siguientes obras publicadas en Edicións Xerais: *Traballando coa lingua; Traballando coa lingua. Primeiro Ciclo da E.SO; Probas corrixidas de Selectividade; Lingua e literatura. Avaliación de bacharelato para o acceso áuniversidade (ABBAU) y Oratoria 1°-2° E.SO.*

En el año 2020 ha publicado en Amaron su primera novela de género policial titulada de *Tres acordes para una vella melodía*, el libro de relatos Leriasy el poemario *Alma de mar*. En el 2021 su primer libro de literatura infantil, *A avoa Enriqueta e a bicicleta Cleta* (con ilustraciones de Jose Barbadilla), la adaptación de una de las obras cumbre de la literatura gallega medieval en prosa, *Os Milagres de Santiago*, que inicia un proyecto de recuperación de las obras de literatura medieval gallega para el gran público. Como poeta ha publicado en el 2021 su primer poemario en castellano titulado *Poemas olvidados pero deseados*.

Printed in Great Britain
by Amazon

71700377R00119